怪談物件マヨイガ

蒼月海里

PHP
文芸文庫

○本表紙デザイン＋ロゴ＝川上成夫

怪談物件マヨイガ

HAUNTED PROPERTY MAYOIGA

【目次】

第一話　榊《さかき》の焦燥《しょうそう》　7

第二話　呪《のろ》いの仕組み　45

第三話　海神《わたつみ》の痕跡《こんせき》　81

第四話　餓鬼《がき》の住処《すみか》　113

第五話　呪《のろ》いの軌跡　151

第六話　理想物件マヨイガ　185

目次・章扉デザイン——太田規介（BALCOLONY.）

大地が脈動する気配を感じる。

地を這《は》う竜《りゅう》達がうねり、良いものも悪いものも巻き込んで何処《どこ》かへと運んでいく。

彼らは流れという概念なので、その先で何が起ころうと意に介さない。

たとえそれが、禍《わざわい》だとしても。

それと同時に、つんとした磯《いそ》の臭《にお》いもする。海から這い出した呪《のろ》いの産物が、陸へと上がって活動を始めたのだ。

最初は過剰な酸素にただ喘《あえ》ぐだけだった『それ』は、やがて、両生類が爬虫類《はちゅうるい》へと進化するかのように陸地へと適応してしまった。

そして、決して交わることがないはずだった竜と触れ合って——。

第一話

榊《さかき》の焦《しょう》燥《そう》

九重庵《ここのえいおり》が目を覚ますと、見なれた天井《てんじょう》があった。

窓からは、朝日が遠慮がちに事務所を照らしている。半地下にあるため、窓が異様に高いのだ。

どうやら、事務所のソファの上で眠っていたらしい。九重は、『仕事』が終わったのが明け方だったことを思い出した。

「おい、呪術屋《じゅじゅつや》！　戻ってんのか？」

乱暴なノックとともに、近所に住まう知人が廊下から声を投げる。

九重は「ああ」と返事をしながらも、夢の内容について考えていた。

磯《いそ》の臭《にお》いが鼻の奥から離れない。目を閉じれば瞼《まぶた》の裏に、やけに太った魚の鱗《うろこ》のぬめり具合が鮮明に思い起こされた。

何かが、始まっている。

そう感じる九重に、外にいる知人は飯に行こうと誘ってくる。

だが、九重は「いや」と応じた。

「これから、『仕事』だ」

九重は立ち上がり、ハンガーラックに掛けた漆黒《しっこく》の上着をまとったのであった。

給湯室の蛍光灯《けいこうとう》は、夜になると決まってチカチカ点滅をする。

インスタントコーヒーにお湯を注ぎながら、榊誠人《まこと》は給湯室の隅《すみ》を視界から遠ざけていた。

点滅する時、一瞬だけわだかまる闇《やみ》の中に、何かがいるような気がしたからだ。

「はぁ、今日も残業か……」

市ケ谷《いちがや》駅から徒歩十分の場所にあるオフィスは、古いビルの中にある。

どうやら会社の持ちビルらしく、新しいビルに移転するという選択肢はないらしい。水道管はあちらこちらにガタがきていて、先日も業者がやって来たばかりだ。

給湯室の蛍光灯だって、つい先週、榊自身が取り換えたばかりである。

それでも点滅するのは、蛍光灯がハズレだったか、設備の方に問題があるかのどちらかだ。

「と、思いたい」

第三の選択肢は、意識して除外した。

榊は手早く、インスタントコーヒーをかき混ぜてしまう。そんな榊の背中に、声がかかった。

「お疲れさま。残業大変だね」

年配の男性の声だ。

「ははっ、どうも。また一人辞めちゃったんで、仕事が追いつかなくて」

榊は苦笑しながら振り返った。だが、そこには薄暗い廊下があるだけで、誰もいなかった。

ジジッ……ブツン……と頭上で蛍光灯が呻《うめ》きながら点滅している。

男性の声はすぐそばで聞こえたし、足音は聞こえなかったのに。

「か……」

榊はマグカップをむんずと摑《つか》み、給湯室を飛び出した。

「柏崎《かしわざき》さん！」

照明が煌々《こうこう》とついた事務所に戻り、パソコンの画面を齧《かじ》りつくように見ている上司に駆《か》け寄った。

柏崎と呼ばれた女性社員は、眼鏡《めがね》を持ち上げつつしかめっ面《つら》をよこす。

「飲み物を持ったまま走らない。零《こぼ》したら掃除が大変だろう」

「すいません！　って、そんなことより、給湯室で……」

「また給湯室の電気がつけっぱなしじゃないか。ほら、消してくる」

柏崎は、薄暗い廊下の向こうにある給湯室を眺《なが》めながら、榊を窘《たしな》めた。

「いや、もう行きたくないですって！　聞こえたんですよ、男の人の声が！」

他に誰もいないのに、と榊はがらんとした事務所を見渡す。

今、このフロアには榊と柏崎以外はいない。他のフロアには別の会社が入っているらしいが、フロア間を容易に行き来出来ない仕組みになっていた。

「誰もこのフロアには来てないぞ。だから、それは気のせいだ」

「ハッキリと聞こえましたって！」

「それなら――」

柏崎が困ったように口を開こうとしたその時、事務所の電話が鳴り響いた。

「ひえっ」

顔が青ざめる榊に、「入社して三日の新入社員か」と呆《あき》れつつ、柏崎がさっさと電話に出た。

「はい、マヨイガです。あっ、お世話になっております」

どうやら、顧客からの電話だったらしい。榊はひとまず、胸をなでおろしながら隣の席に着いた。

不動産仲介会社マヨイガ。

それが、榊が新卒で就職した会社であった。

実家の田舎暮らしが嫌で上京した、というありふれた理由で、この市ケ谷にある会社に入社した。不動産会社の仕事を希望したのは、東京の物件に興味があったからで、この会社を選んだのは社員寮があるからだった。

そんなぼんやりとした動機で業界未経験者の榊がすんなりと採用されたのは、この会社が深刻な人手不足だったからである。

「よし、待っていた返事が来たから、今日はもう上がれるな。君も、さっさとその仕事を終わらせるといい」

「あっ、はい！」

榊はコーヒーをグイッと飲み干すと、パソコンのキーボードに全力で指を走らせて、残っていた仕事を終わらせる。

「終わりました！」

背筋を伸ばして報告する榊に、「帰っていいぞ」と柏崎はキーボードを叩《たた》きながら言った。

「柏崎さんは？」

「メールをあと三件送ったら終わりだ。トラブルさえなければな」

「それじゃあ、僕も残ります」

「いいや。うちは残業代をじゃぶじゃぶと出せるような会社じゃないんだから、さっさと帰れ」

「それじゃあ、タイムカードを切るんで」

意固地《いこじ》な榊に、柏崎は胡乱《うろん》な視線を向ける。不審がらせてしまったな、と榊は慌てた。

「その、外はもう暗いですし、女性を一人でオフィスに残すのもよくないと思ったんです。僕も市ケ谷駅を使ってますし、送りますよ」

「君は古風な紳士だな。気持ちは有り難いが、まずは給湯室の電気を消してくれ」

「ひぃ！」

榊は思わず悲鳴を漏《も》らす。給湯室の照明は、相変わらず点滅していた。

「靖國《やすくに》神社の前を一人で通るのが怖いんじゃないのか？」

さらりと言った柏崎の言葉は、榊の図星《ずぼし》を的確についた。

会社から市ケ谷駅に行くには、靖国通りを通らなくてはいけない。その脇には、鬱蒼《うっそう》と茂《しげ》る木々に囲まれた靖國神社が鎮座《ちんざ》していた。

靖國神社の始まりは、明治二年（一八六九）に建てられた招魂社《しょうこんしゃ》である。以来そこには、国家のために戦った人々が祀《まつ》られていた。

「あ、あそこで、白い影を見たって、うちのビルに入ってる会社の人がエレベーターホールで話してて……」

「出たとしても、大変な時代を生きた人達の霊だろう。安らかに眠れるように祈っておけ」

「……はい」

合理的かつ人道的な柏崎のアドバイスに、榊は二の句が継《つ》げなかった。すごすごと給湯室まで足を運び、胸中で念仏を唱《とな》えながら照明のスイッチを切った。

途端に、しんと辺りが静まり返る。周囲が闇に包まれる中、柏崎のキーボードを叩く音だけが遠くから聞こえてきた。

榊は足早に事務所まで戻る。その頃には、柏崎は最後のメールを送信しているところだった。

「終わったぞ」

「帰りましょう！」

榊は、いそいそとタイムカードを切る。柏崎もまた、さっさとタイムカードを切った。

柏崎が事務所の照明のスイッチを切ると、フロア内はいよいよ闇に閉ざされた。非常灯だけがぼんやりと廊下を照らし、エレベーターのパネルがやけに光って見える。

「か、柏崎さん、殿《しんがり》は任せてください……！」

「背中に張りつくな。暑苦しい」

柏崎は、背がすらりと高くて精悍《せいかん》な顔立ちをしている。更には三センチくらいのローヒールを履《は》いているので、頼もしさは宝塚歌劇団の男役さながらであった。

それに対して、榊はひょろりとした男性だ。よくいえば優しげ、悪くいえば頼りない顔つきなので、対照的だった。

エレベーターがやって来ると、榊は闇から逃げるようにカゴへと乗り込んだ。勿《もち》論《ろん》、柏崎に張りつくように立つ。

「はぁ、光だ……」

「君は意外と怖がりなんだな」

柏崎は、榊をまじまじと見つめる。

「恐怖耐性は人並ですから……！　柏崎さんこそ、怖くないんですか。あんなオフィスで！」

「怖いと思う人間は辞める。私は辞めていない。そういうことだ」

「鋼《はがね》の心臓……」

榊は、畏《い》怖《ふ》の目で柏崎を見つめる。それに対して、彼女はどこ吹く風だ。

時折、オフィスでは奇妙なことが起こる。

つけっ放しだったはずの照明が消えていたり、給湯室でお湯が勝手に沸《わ》いていたり、防犯カメラに謎《なぞ》の白い靄《もや》が映っていたり、残業をしていると声をかけられたりする。

そのせいか、人員を補充しても追いつかないほど、辞めていく人が後を絶たない。だから、本来ならば残業をせずに済むほど有能な柏崎も、残業せざるを得ないほど仕事を抱えているのだ。

「君も耐えられなくなったら辞めるという選択肢もあるぞ。こちらとしては戦力の卵がいなくなるのは痛手だが、健康を害してまで仕事を続ける必要はないからな」

エレベーターが一階のエントランスホールに着くと、柏崎は足音をカツカツと響かせながらビルを後にした。

「ぼ、僕は辞めません！　柏崎さんがいるので！」

「その気持ちは有り難いが、社員寮があるので、というのが一番の理由じゃないのか？」

追いすがる榊に、柏崎はさらりと言ってのける。またもや、図星をつかれてしまった。

「うぐ……、それもありますけど……」

「面接の時、社員寮を熱烈に希望したと人事から聞いているよ。賃貸に住もうとは思わなかったのか？」

「東京の賃貸って、高いじゃないですか。山手線《やまのて》の内側なんて特に。山手線の外側からだと、市ケ谷って少し遠いイメージがあるし」

市ケ谷は、山手線の内側エリアでも中心に近い。なにせ、徒歩で皇居に行ける場所である。

榊の意見に、柏崎は「うーん」と唸《うな》ってしまった。

「っていうか、我が社の社員寮がある場所って、池袋《いけぶくろ》じゃないですか！　市ケ谷駅から東京メトロ有楽町《ゆうらくちょう》線で一本！　通勤するには便利だし、会社に近過ぎないから休日はのびのび出来るし、しかも、池袋じゃないですか！」

榊は池袋を強調する。

池袋といえば、地方民にとって憧れの場所の一つだ。デパートから若者向けの商業施設まであるし、大きな家電量販店もあるし、アミューズメント施設が豊富だ。

昔は治安が悪いと言われていたけれど、最近は、ファミリー向けの公園も増えて住み易い場所になっている。いろんな意味で有名な池袋西口公園も、今やオシャレなイベントスポットだ。

「家電量販店が充実しているのはいいですよね。休日はよく行くんですよ。ゲームを買いに」

やっぱりパッケージ版がいい、と語る榊だったが、そんな彼を、柏崎は無言で見つめていた。

「あっ、なんかすいません。自分語りをしちゃって……」

「いや、いいんだ。君があの社員寮で充実した生活を送れているなら、それで……」

柏崎は、ふっと目を伏せる。気まずそうなその表情は、はきはきした彼女にしては珍しいなと、榊は思った。

やがて、二人は市ケ谷駅に到着する。靖國神社前を通ったはずだが、榊は柏崎との話に気を取られていて気づかなかった。

市ケ谷はオフィスが集中しているためか、榊達と同じように帰路につく人達でごった返している。

通路の脇で立ち止まると、不意に柏崎が尋ねた。

「あの寮、妙なことはないか？」

「妙なこと、ですか？　南側が開けているのに、なんか暗いってことくらいですかね。あと、隣人がちょっと煩《うるさ》いです」

「隣人が？」と柏崎は怪訝《けげん》な顔をする。

「いや、ヤバいってほどじゃないんですけど、深夜に帰って来るみたいなので、生活音が響くんですよね。あと、誰かを連れ込んでいるみたいで、壁越しに話し声が聞こえるんですよ」

それほど広くない1Kのマンションなので、二人で暮らすには少し窮屈だ。友人を連れ込むのがせいぜいといったところだろうか。

隣人のそれは、大声で話しているという風ではない。低い声でぼそぼそと喋《しゃべ》っているようなので、注意し辛《づら》いのだ。

「柏崎さん？」

顔をこわばらせて口を噤《つぐ》む柏崎に、榊は首を傾《かし》げた。

「榊、言い難《にく》いんだが……」

「何か……？」

「お前の隣の部屋、空《あ》き室だぞ」

「……えっ」

さあっと背筋に冷たいものが走る。「空き室？」とオウム返しに尋ねてしまった。

「そうだ。実はあの寮、うちの会社の人間は、誰も住んでいないんだ。いくつかの部屋は、賃貸になっているが……」

「そ、それじゃあ、上とか下とか、斜《なな》めにある部屋の人の声かも。ほら、集合住宅って独特の響き方をするじゃないですか。下の部屋からの騒音だと思ったら、斜め下だったっていう事例もありましたし……」

榊は、ありったけの知識をかき集めて反論する。だが、柏崎は渋い表情のままだった。

「なあ、榊。落ち着いて聞いてくれ」

「は、はい……」

「あの寮、以前は他の社員が使っていたんだが、誰も長続きしなかった。妙なことが起こるとか、気持ちが悪いという理由で退去する連中が後を絶たなかった。だから、一部は賃貸にしたんだが――」

「夜遅いお仕事の人達しか来なかったとか……？」

「いいや。どの入居者も、すぐに退去してしまったんだ。敷金・礼金を払っているのに、一週間でいなくなった入居者もいる」

まるで、何かから逃げるように。

榊はごくりと、固唾《かたず》を呑《の》んだ。

「えっ、待ってください。それじゃあ、あのマンションに住んでいるのは僕だけってことですか？」

「そうだ」

上司の口から重々しく紡《つむ》がれた言葉に、榊は目を剝《む》いた。最早《もはや》、悲鳴は声にならなかった。

「私は正直、君があの寮に入るのは反対だった。だが、君の強い要望があったということでな……。上は物件を少しでも埋めたがっていたし……。もし、君に異常があれば、その時に報《しら》せてそれとなく説明しようと思ったんだが……」

「健康ですよね、僕」

「それで、今このタイミングになってしまったということだ」

悪かった、と柏崎は目を伏せる。

「だが、君が妙な体験をしていることはわかった。私も手伝うから、ちゃんとした物件を探そう」

「い、いえ、大丈夫です！」

榊はそう言ってから、ハッとした。断られた柏崎は、信じられないものを見るように目を丸くしている。

何故《なぜ》、上司の申し出を断ってしまったのか。榊は全くもって、わからなかった。

「本当に、大丈夫なのか……？」

柏崎は問う。榊もむしろ、自問自答したいくらいだった。

「大丈夫です、たぶん。話し声だって、外から聞こえてきたのかもしれないし……」

榊の部屋は二階だ。道路にも面しているし、通行人の声が聞こえてもおかしくない。

きっとそうだ、と自分に言い聞かせる。

柏崎はしばらくの間、榊を心配そうに見つめていた。だが、榊が何も言わないので、彼女もまた、頭《かぶり》を振った。

「そうか……。君がそう言うなら、私はこれ以上口を出せない。だが、無理はするなよ」

「す、すいません……」

「私こそ悪かった。妙なことを言ったな。じゃあ、また明日」

総武《そうぶ》線で帰宅する柏崎は、地下鉄に乗る榊に別れを告げる。「お疲れさまでした！」と榊はその背中に頭を下げた。

上司の足音が雑踏に紛《まぎ》れるまで、自分が拒絶してしまった背中を直視出来なかった。

説明出来ないことは怖い。

その中に、幽霊の類《たぐい》も含まれていた。

だが、榊は生まれてこの方、幽霊を見たことがない。霊感と呼ばれるものがあるわけではないようだ。

では、いないはずの隣人の声も、通行人の声か幻聴ではないだろうか。

前者の方が現実的だが、後者だとしたらオフィスでの出来事も説明がつく。もっとも、病院で診《み》てもらう必要がありそうだが。

社会人になったばかりだし、ストレスがあるかもしれない。実際、胃が痛くなるようなクレーム処理もしなくてはいけなかった。

柏崎がいるから会社を辞めないというのは、建前《たてまえ》ではなかった。

入社直後に大きなミスをしてしまい、あわや客とのトラブルになりかけたのだ。だが、柏崎が巧みにフォローしてくれたお陰で、事なきを得た。

（その他にも、慣れない仕事でもたついている僕を、柏崎さんは何度も助けてくれた。上司だから、っていうのもあるかもしれないけど、親身になって面倒を見てくれるしさ。ちゃんと一人前になることで、少しでも恩を返したいなぁ……）

地下鉄の有楽町線に乗ったら、池袋駅までは考えごとをしているうちに着いてしまう。

池袋駅は、会社帰りの人々に加え、遊び歩く若者達で溢《あふ》れている。そういう榊も若者だが、就職してからは友人と飲みに行く体力もなかった。

今も、眠気が泥のようにまとわりついている。

通路で点々と転がっている中年男性達を見て、自分もその仲間に入りたいとすら思った。今ならば、床や土の上でも熟睡出来そうだ。

東口から出て賑《にぎ》やかな家電量販店の前を通り過ぎ、ハレザ池袋を横目に首都高の下まで歩き、遠くの東京スカイツリーを眺めながら陸橋を渡る。

その先に、住宅街があった。社員寮があるのは、その一角である。

社員寮となっているのは、ビルの隙間《すきま》にねじ込まれるように建つマンションだ。

どの部屋も明かりがなく、真っ暗だった。つい昨日までは、まだ誰も帰って来ていないのかと思っていたのに。

「はぁ……」

誰も住んでいない、という柏崎の言葉が頭の中で反響する。

柏崎が把握していないだけでは、と思ったが、しっかり者の彼女に限ってそんなことはないだろう。

「でもまあ、マンションを独占出来ると考えれば気が楽かな」

勿論、どの部屋も使いたい放題というわけではないが、廊下で他の住民に気を遣わなくてもいいというのは楽だった。

前向きに生きよう、と榊は思う。せっかく、都心のいい物件に住めるのだから、と自分に言い聞かせた。

だが、マンションに入ろうとした榊は、ふと、街路樹の下に人が佇《たたず》んでいるのに気がついた。

「わっ……」

思わず声が漏れてしまう。完全に、夜の闇に紛れていたからだ。

そこにいたのは、黒服をまとった長身の男だった。

行き交う車のエンジン音や人々の雑踏に満ち溢れた都会の一角で、そこだけ空気が違っていた。

都会の街灯ですら、闇に包まれたようなその男を遠慮がちに照らす。

吸い込まれそうな烏羽玉《うばたま》の黒髪が、乾いた夜風になびいていた。目鼻立ちはよく整っており、物憂《ものう》げな眼差《まなざ》しが絵になる。

むしろ、メランコリックなその青年の立ち姿は映画のポスターのようで、榊は「俳優かな」とすら思った。ここは池袋だし、芸能人が住んでいそうなタワーマンションもあるし、有り得ない話ではない。

だが、彼の視線の先にあるのが、自分が住んでいるマンションだというのは解《げ》せなかった。

(なんで?)

疑問に思いながらも、榊はエントランスに入ろうとする。

すると、あろうことか、青年は声をかけてきたではないか。

「待て」

「な、なんですか!」

つい、声が裏返ってしまった。だが、青年は気にした様子はない。

「君は、このマンションの住民か？」

「そうですが……」

答えてから、誤魔化した方がよかったかもしれないと後悔した。新手《あらて》の特殊詐欺《さぎ》かもしれなかったからだ。

すると、青年は憂《うれ》いを一層深めた表情で、こう言った。

「ここに住んでいて、妙なことはないか？」

「妙なこと？」

住民がいないはずの部屋から声が聞こえる、というのを思い出す。だが、それは気のせいかもしれないと打ち消して、首を横に振ってしまった。

「いえ、特には」

そう答えた榊を、青年はじっと見つめていた。

見れば見るほど、青年は容姿端麗《たんれい》であったが、だからこその居心地の悪さを榊は感じていた。

「あの、何か……」

及び腰の榊に、青年は唐突《とうとつ》にこう言った。

「君は、呪《のろ》われている」

「なんと……⁉」

いきなり、何を言い出すのか。榊は耳を疑ってしまった。

「正確には、呪いに晒《さら》されている。引っ越すことを薦《すす》めよう」

「な、なんなんですか、あなたは。通報しますよ！」

通報という言葉には、青年は無反応だった。霊感商法や悪質な新興宗教の勧誘ならば、少しは怯《ひる》むと思ったのに。

青年は、黒いコートの内ポケットを探ると、名刺を取り出した。手には、黒い革手袋をきっちりと嵌《は》めていた。

「妙なことがあったら、俺に報せろ」

榊は押しつけられた名刺を見やる。そこには彼の名前と連絡先、そして、肩書きがあった。

「呪術屋、九重庵」

呪術とは穏やかな響きではない。

呪術というのは、呪いのことだろうか。呪いといえば、丑《うし》の刻《こく》参りしか思い浮かばない。不動産を取り扱っているのが不動産屋なら、呪術を取り扱っているのは呪術屋ということだろうか。

どちらにせよ、関わり合いになりたくない。

「それじゃあ、僕はこれで……」

ここは、社会人として穏便《おんびん》に済ませよう。

そう思った榊は、愛想笑いを張りつけながらそそくさとその場を後にする。九重の不動の視線を、背中に受け続けながら。

薄暗いエントランスと真っ暗な管理室が、榊を迎えた。

受付のような管理室は、常に無人だ。闇がじっとりとわだかまる場所から目をそらしつつ、榊は郵便受けをチェックしてからオートロックの扉の奥へと向かった。

がらんとした一階の廊下が続いている。頭上では、蛍光灯がジジッ……と呻くような音を立てていた。

こんなに暗かったかな、と榊は首を傾げる。つんとした黴《かび》の臭いが、漂《ただよ》っているような気がした。

いつもならば廊下の奥まで窺《うかが》えた気がするが、今は暗くてよく見えない。夜のせいかもしれないと思いながら、やって来たエレベーターに乗り込んだ。

二階まではエレベーターですぐだ。階段もあるが、やたらと暗いので使いたくなかった。

二階に着いてカゴから降りると、やはり、暗い廊下が待っていた。

「あれ？」

榊は、違和感に気づいた。

榊以外に誰も住んでいないというのならば、何故、先ほどエレベーターを待ったのか。本当ならば、榊が出勤した時のまま、一階にあるはずなのに。

清掃業者が来たのか、やはり誰か住んでいるのかもしれない。

榊はそう思うことにした。もっとも、清掃業者だったとしても、帰る時に一階へエレベーターを止めるだろうけど。

榊の部屋は奥から二番目だ。足音を忍ばせながら慎重に廊下を行くが、どの扉の向こうからも物音がしなかった。

頭を過《よぎ》る柏崎の言葉を振り払いつつ、榊は自分の部屋に急いだ。

あの部屋だけが、唯一の癒《いや》しだ。廊下兼キッチンと六畳の洋室という狭い家だけど、あそこにいると妙に落ち着く。それもまた、マンションから退去したくない理由だった。

「ただいま！」

部屋の扉を開け放つ。

応じる者は誰もいなかったが、調理をしないため生活感のないキッチンと、壁が白い洋室が榊を迎えた。洋室の一角には、やけに存在感のあるベッドが置かれている。

「ああ……！　待たせて悪かったね、僕の寝床……！」

榊は上着も脱がないままベッドに横たわる。備え付けの簡素なベッドと、間に合わせの安いマットレスであったが、驚くほど寝心地が良かった。

すぐにまどろみがやってきて、夕食や入浴はどうでもよくなって眠りたくなる。実際、この部屋に住むようになってからというもの、入浴は起床後になっていたし、夕食は取らないようになっていた。

柏崎のことは尊敬していたが、今の部屋から自分を引き離そうとするのはいただけなかった。

確かに、夜中に目が覚めた時に話し声は聞こえるけれど、そんなことはどうでもよくなるくらいに寝付けるのだ。もしかしたら、実家にいる時よりもよく眠れているかもしれない。

何故か、今日は少し黴臭いけれど。

「それが、君の歪《ゆが》みか」

「えっ」

先ほどの青年――九重の声だ。

慌てて飛び起きると、玄関で彼が扉に寄りかかっていた。

「ど、どうしてここに！」

「君がオートロックを開けた。そして、この部屋には鍵すらかかっていなかった」

九重はさらりと言った。

つまりは、榊がオートロックの扉を通過する時に、九重も入り込んだということか。オートロックのマンションに部外者が入り込む手口の定番だというのに、榊は全く気づけなかった。

その上、自分の家に鍵すらかけていなかったらしい。先ほどは疲れていたからだろうか。

いや、出勤する時にも鍵をかけていなかった気がする。嫌な予感がしてテレビ台の上を見ると、家の鍵が置かれたままだった。

その上には、埃《ほこり》が積もっている。一体、何日間鍵を持ち出していなかったのか。

「えっ、そんな……。鍵は確かに持ってたはず……」

鍵は毎回かけていたはずなのに、かけていなかった。自分の中で、何かが少しずつ崩《くず》れていくのがわかった。

「歪みを認識し、正常な判断が戻ってきたようだな」

九重は、榊の内心を見透《みす》かすように言った。

部屋の黴臭さが強くなった気がする。白い壁が黒ずんでいるような気もする。

榊はそれらから目をそらす。

気のせいだ。不安になっているせいだ、と。

だが、九重はずかずかと部屋に上がり込み、榊の頭をむんずと掴んだ。

「この場に淀《よど》んでいた呪いは、君の呪いと相性が良かったのだろう。だから君は、強固な呪いにかかってしまった」

呪い。なんて非現実的な言葉なんだ、と榊は思う。

この男が言っていることは荒唐無稽《こうとうむけい》だし、柏崎の心配も的外れだ。

「やめてくれ……！　どうしてみんなして、僕をここから追い出そうとするんだ！」

気づいた時には、榊は叫んでいた。九重をねめつけるが、彼は強引な仕草とは裏腹に、憂いと憐《あわ》れみを含んだ目で榊を見つめていた。

「すまないな」

「えっ……」

突然紡がれた謝罪の言葉に、榊は完全に虚を衝《つ》かれる。九重の瞳から、目がそらせない。

「その呪い、俺に委《ゆだ》ねてくれ」

「どういう――」

続く言葉は紡げなかった。

九重の瞳に──特に左目に吸い込まれそうになる。黒曜石《こくようせき》にも似た美しい瞳の奥に、五芒星《ごぼうせい》が見えるような気がした。

昔読んだ本に書いてあった気がする。五芒星は、魔除《まよ》けの意味が込められているということを。

「うっ……」

チリッと目の奥が痛む。榊が顔を押さえると同時に、九重が手を離した。

強烈な黴の臭いが鼻を衝く。部屋はやけに暗く、蛍光灯がチカチカと点滅していることに気づいた。

「君の呪いを解いた」

九重の声がよく聞こえない。

誰かが、壁をしきりに叩いているからだ。入居者がいないはずの両隣の部屋から、壁を叩く音と怒号《どごう》のような低い声が聞こえる。まるで、闖入者《ちんにゅうしゃ》である九重を責めるように。

だが、九重は気にした様子はない。榊のベッドのマットレスを引き剝《は》がし、床板に手をかける。

「このベッド、元からあったのか」

「そ、そうです……。備え付けのベッドで……」

とても寝心地がいいベッドだった。気に入っていたにもかかわらず、九重の蹂《じゅう》躙《りん》を止められなかった。

それどころか、ベッドを直視してはいけないと自身の直感が告げていた。

「ならば、これは君が来る以前に仕込まれたものだな」

九重はベッドの床板を外す。どうやら、元から隠し収納があったらしい。

その中から、九重は何かを取り出した。それがひどく不吉なものであるのを、榊は薄々と感じていた。

「これを見ろ」

嫌だ、と榊は思った。しかし、九重の言葉には逆らえなかった。

恐る恐る、九重が手にしているものを見やる。

「こいつが、この建物に呪いをかけていたようだ」

九重が手にしているのは、板切れだった。

しかし、頭のようなものと胴のようなもの、そして、足のようなものが見える。

まるで、人間のようだ。

それよりも、榊の目を釘付《くぎづ》けにしたものがあった。

それは、ベッドの本体だ。今まで、シンプルな木製のベッドとしか思っていなかった。

だが、よく見ればひどく汚れていて、真っ黒な泥のようなものがべったりと付いていた。

自分は今まで、そんなベッドで眠っていたのか。

泥のような汚れはいつの間にか、部屋のあちらこちらに付いていた。どうやらそれが、異臭を放っているらしい。

だが、何の汚れだかわからないし、いつ付いたかもわからない。

ドンドン、と窓を叩く音がした。

ベランダの方を見やった瞬間、榊は悲鳴をあげそうになった。

窓ガラスに、黒い手形がぺたぺたと付いていたからだ。そしてそれは、榊の目の前で今も増え続けている。

「なんだ、これ……！」

「呪いは呪いを呼ぶ」と九重は手短に答えた。

「こいつらは、呪いだって……？」

「君もそのうちの一つだった」

「僕が、呪い……？」

そういえば、九重は榊の呪いというのも口にしていた。榊は呪われる覚えも、呪った覚えもない。

「君は自分のテリトリーに関して、強い呪いをかける性質のようだ。思い込みとも言われ、バイアスとも分類されている。これらによってもたらされる概念的な歪みが、『呪い』となる」

「歪みが……呪いに……？」

「君が抱き、俺が解いた呪いは、認知の歪み――すなわち、認知バイアスだ」

聞いたことがある。

先入観にとらわれて、物事の一部の側面にしか目がいかないという現象だ。

それを聞いて、妙に腑《ふ》に落ちた。

他の住民がいないという柏崎の言葉を疑ってしまったし、話し声が通行人のものとも思っていた。それは、榊自身がそう思い込んでいた――いや、そう思い込みたかったのだ。

話し声は、ずっと両隣から聞こえていたのに。

「思い込みが強過ぎて、部屋の惨状《さんじょう》に気づけなかったたって……？」

怒号は今も続いている。とてもではないが、住めるような状態ではない。

「この呪具《じゅぐ》が、君が自身に掛けた呪いを増幅させて、周囲の怪異を正しく認識出来ないようにしていたのだろう。通常の思い込み程度では、君のような有様にならない」

バイアス自体は、日常でもよくあることだと聞いていた。だが、榊はあまりにも重症らしかった。

「恐らく、こいつは君が必要だったんだ。こいつ自身を守る、番人として」

人型の板切れは、九重に摑まれて悲鳴をあげているようにも見えた。ただの板切れではなく、妙に生々しいのだ。

「僕がここにいる限り、ベッドの中を探る人はいない……」

「そういうことだ」

唯一の癒しであったベッドも、今は忌《い》まわしく汚《けが》らわしいものに見えた。あんなに汚れているのに、どうして気づけなかったのか。

ミシッと天井が軋《きし》む。「ひっ」と榊は短い悲鳴をあげた。

「そろそろ、限界だな。呪いを辿《たど》って誰が仕込んだのか調査したいところだったが、歪みがひど過ぎる」

九重は人型の板切れと向き合うと、慣れた仕草で印《いん》を切った。

「急急如律令《きゅうきゅうにょりつりょう》。我が呪いにより解《ほど》けよ！」

騒々しい部屋の中で、九重の澄《す》んだ声が響き渡った。

その瞬間、ぱきっという乾いた音とともに、板切れが真っ二つに割れる。生々しさはあっという間に失《う》せ、人の形には見えなくなった。

するど、凄《すさ》まじい風に煽《あお》られたかのように、家の扉がバタァンと音を立てて開け放たれる。それは榊の部屋だけではない。マンション全体の部屋の扉が開いたような音がした。

黴臭い風が榊の周囲を横切り、廊下に吸い込まれるように消えていく。壁を叩く音と声も、あっという間に消えてしまった。

「い、今の……」

やがて扉は乱暴に閉まり、辺りには静寂が訪れる。

街灯の明かりが窓から入り、チラついていた蛍光灯もハッキリと部屋の中を照らすようになった。

そこで、榊は改めて部屋の惨状を認識する。

壁や天井いっぱいに黒ずんだ泥のようなものが付着していて、床には見覚えがない裸足《はだし》の足跡がいくつもが残っていた。窓にも手形がたくさん残されていて、中には赤子《あかご》と思われる小さなものもあった。

「清掃業者を入れることを薦める。引っ越した方が早いと思うが」

九重は、いささか同情的な眼差しで榊を見つめた。だが、気絶寸前の榊には、全く耳に入っていなかったのであった。

どうして実家から出たがったのか、薄れそうな意識の中で、榊は走馬灯《そうまとう》のように思い出していた。

実家がある地域は、良く言えば風光明媚《ふうこうめいび》で、悪く言えばド田舎だった。その地域に住んでいる人達はみんな顔見知りで、余所者《よそもの》が来ればすぐにわかった。

「誠人君も、そう思うよね？」

そう尋ねられたら、「うん」としか言えなかった。

和を乱してはいけないというのが、暗黙の了解だった。同級生のリーダー格の人間の言うことは、絶対だった。

しかし、ある日、どうしても同意出来ないことがあった。その時も、「そう思うよね？」と尋ねられたのだが、榊は「そうかな？」と返してしまったのである。

本当は、「違うと思う」と答えたかった。だが、強く否定したら後が怖いと思って、曖昧《あいまい》な笑顔を張りつかせてやんわりと疑問を返した。

ところが、榊は翌日から、同級生達に無視されるようになった。「ごめんなさい。僕が間違ってました」とみんなの前で頭を下げるまで、針の筵《むしろ》に座らされているような日々が続いた。

このままこの地にいたら、自分が自分でなくなってしまう。共同体としてみんなと一つになって、自分の意見は出せなくなってしまう。

寄り添い合いたい人達はそれでいいのかもしれないけれど、榊にはそれが耐えられなかった。

だから、実家を出た。どんな目に遭《あ》っても社員寮から出たくなかったし、会社を辞めたくなかった。自分はちゃんと、個として生きたいから。

でも、あまりにも意固地になり過ぎていたのかもしれない。

「今の住まいから去って実家に戻るか、それとも、今の住まいにしがみついて実家には戻らないという二択だけではないだろう」

不意に、九重の静かな声がした。

混濁《こんだく》する意識の中で、榊は身の上をべらべらと喋っていたらしい。

「今の仕事を続けつつ他の住まいを探したり、別の会社に転職したりするという選択肢もある。君が考えているほど、世界は狭くない」

「……うん。きっとそうだ」

柏崎だって、新しい住まいを探そうと言ってくれていた。ちゃんと第三の選択肢を示してくれる人がいたではないか。

自分で自分にかけていた呪いが視野を狭くしていた。だけど、九重が解いてくれたから、もう大丈夫。

安心した榊は、完全に意識を手放したのであった。

翌日、榊は半泣きで昨夜の出来事を柏崎に報告した。

それを聞いていたオフィスの同僚達も、「やっぱり、あそこはヤバいと思ったんだよ」「無事で良かった」などと慰めてくれた。

同僚達は事あるごとに、「大丈夫?」と聞いてくれていたのだが、呪いにかかった榊には何のことだかわからず、「大丈夫」だと答えていたのだ。

共有部分に定期的に清掃に入っていた業者によれば、榊しか入居者がいないのに、何故か複数人の足跡を見つけたり、汚れるのが妙に早かったりしたという。

「で、そんなことがあったのに、あの部屋には住むのか」

柏崎は、再び転居の提案を拒否した榊を、呆れ顔で見ていた。

「いやぁ、だって、怪異の原因は取り除かれたし、部屋に清掃業者さんを入れてもらって綺麗《きれい》になったら、別にいいかなって思いまして……」

実際、謎の話し声はぱったりとやんだ。出勤前に床掃除をしたが、百円ショップの掃除道具でも汚れが取れたので、専門家である業者の手にかかれば綺麗になるだろう。

わからないことはたくさんある。

わかっているのは、あの部屋はもう安全だということと、やはり立地は最高だということくらいだ。

「君は、妙なところで強《したた》かだな。業者は手配するから、その後は好きにすればいい」

「有り難う御座《ござ》います！」

折れた柏崎に、深々と頭を下げる。

「それにしても、マンションに侵入したという男は気になるな」

「あっ、九重さんのことですか？　法的にどうかと思ったんですけど、ホントに、あの人のお陰で調子を取り戻したので……」

ベッドでよく眠れるというのも、呪いとやらで衰弱《すいじゃく》していたせいだということが発覚した。よく考えてみれば、夕飯も取らず、入浴もせずに眠ってしまうというのは、疲労が異常に溜《た》まっていた証拠だった。

因《ちな》みに、榊が気絶から目覚めた時、九重の姿はなかった。

榊の身体は、部屋の比較的汚れていない場所に横たえられていた。きっと、汚れた部屋で気絶している榊を憐れんだ九重が運んでくれたのだろう。

「その男を訴えるとかじゃない。手を借りるかもしれないと思っただけだ」

「呪術屋に、ですか？」

榊の問いに、柏崎は黙り込んでしまった。そんな彼女に、榊もまた息を呑む。
この会社は、表沙汰《おもてざた》に出来ないことをたくさん抱えているのではないだろうか。
そんな疑念とともに、怪異とはまた違った恐ろしさを胸に抱くのであった。

第二話

呪《のろ》いの仕組み

店の帳簿は、今月も赤字であることを示していた。

既にかなりの借金をしており、これ以上やりくりするのは難しい。店を閉めて、破産手続きをしてしまおうかという考えが過《よぎ》る。

「いや、もう少し頑張ってみよう。今は機運《きうん》が悪いだけだ。もう少しすれば、ちゃんと利益が出る。そして、妻や娘にも苦労をかけずに済むようになるから——」

もう少しとは、どれくらいだろうか。先月も、そう言ってはいなかっただろうか。

家計は、フルタイムでパートをしている妻頼みになっている。娘はこちらを心配して、将来は店を手伝おうかと言い出す始末だ。だが、娘には親に縛《しば》られず、自分が好きな道を歩んで欲しい。

「どうすればいいんだ……？」

このまま、出口が見えないトンネルの中でもがき続けるべきか。

だが、これ以上無理な経営をしていては、家族に迷惑をかけてしまう。既に、充分過ぎるほどかけているのに。

「……生命保険、俺が死んだらいくら出るんだ？」

ふと、保険金のことが頭を過った。事故に見せかけて自殺すれば、家族にこれ以上迷惑をかけず、かつ、大金を家族に残せる。

コンコン、とノックの音がする。閉店した後の店内に、それはよく響いた。

「なんだ……？」

コンコン、とこちらを呼ぶような音は、シャッターが閉まった外からではなく、足元からした。

机の下をよく見ると、そこには床下収納があった。

「こんなところに、収納があったなんて……」

机は何故《なぜ》か備え付けだったため、気づかなかったのだ。

ノックはその収納から聞こえる。一体、何者の仕業《しわざ》なのだろう。ネズミにしては、ずいぶんと大きな音ではないか。

好奇心から手を伸ばす。いや、むしろ、藁《わら》をも掴《つか》みたかったのかもしれない。たとえそれが、藁ではなくても――。

上野《うえの》の貸店舗の入居者と連絡が取れない。

榊《さかき》の隣のデスクで、柏崎《かしわざき》は苦虫《にがむし》を噛《か》み潰《つぶ》したような顔でそう言った。

「えっ、なんか事件ですか？」

積まれたタスクをようやく終えた榊は、ちびちびとインスタントコーヒーを飲みながら目を丸くする。

「わからん。だから、確認に行く。こういうのは二人がいいからな。お前も来い」

「ハイ！」

榊はコーヒーをグイッと飲み干すと、背筋を伸ばしながら立ち上がった。

「賃料は振り込みだったたんだ。だが、期日になっても振り込みがなくてな。電話で確認しようとしたんだが、応答がなかった」

「逃げているのでは……」

榊は遠慮がちに言った。

「可能性がないわけじゃない。資金繰《ぐ》りに苦労していたと聞いていたし。まあ、逃げているくらいならば、取っ捕《つか》まえればいいんだが……」

柏崎は言葉を濁《にご》す。榊は、息を呑《の》んだ。

「まあ、なんにせよ、最悪の事態は想定した方がいい。榊、格闘技の経験は？」

「イエ、ないです。部活もずっと文化部でした」

何故格闘技が必要なのか、と榊は首を傾《かし》げる。

「そうか。過去に一度、精神的に追い詰められた入居者と一悶着《ひともんちゃく》あってな」

「ひえっ……」

「私は君を守れるほど器用じゃないから、自分の身は自分で守ってくれ」

「むしろ、柏崎さんを守りたいところですが……！」

榊はきりっと表情を引き締める。

だが、柏崎の反応は冷めたものだった。

「私は入居者の身柄の確保に専念するから援護は不要だ。攻撃は最大の防御だしな」

「僕の上司が勇まし過ぎる件……」

柏崎は、いつものローヒールから動き易いローファーに履《は》き替えて、ホワイトボードに行き先を書き、榊を引きつれて颯爽《さっそう》とオフィスを後にしたのであった。

市ケ谷《いちがや》駅から上野駅へは、総武《そうぶ》線で秋葉原《あきはばら》駅まで行き、山手《やまのて》線か京浜東北《けいひんとうほく》線に乗り換えてすぐである。

上野駅は大規模なターミナル駅で、JRのみならず、東京メトロなども通っている。駅構内は、大きなキャリーケースを引きずって歩く旅行者で溢《あふ》れていた。

駅から出ると、灰色の暗雲が頭上で渦巻いているのに気づいた。一雨来る前に終わらせたいな、と柏崎はぼやいた。

上野駅から御徒町《おかちまち》駅にかけて、アメ横商店街がある。戦後は闇市《やみいち》だったらしいが、今は活気が溢れる商店街だ。

「おお……。アメ横なんて初めて来た……」

年末の大賑《おおにぎ》わいをテレビで見たことがあるだけの榊は、アメ横商店街に建ち並ぶ数多《あまた》の店を眺《なが》めながら感動していた。

「ああ。君は初めてか」

「はい！」

「だが、観光は後でな」

「はい……」

今は、連絡が途絶えた入居者の捜索が優先だということは、榊も肝《きも》に銘《めい》じていた。大事にならずに片付き、帰りに多少の観光を楽しめることを祈りつつ、柏崎に続く。

商店街から少し外《はず》れた路地を行くと、驚くほど静かだった。

商店街では人を避《よ》けながら歩いていたのに、路地は地元民と思《おぼ》しき人がぽつぽつと歩いているくらいだ。

少し寂しくなった路地をしばらく行ったところで、柏崎は立ち止まった。

「ここだ」

建物と建物の隙間《すきま》に、ひっそりと建っている店舗だった。シャッターは、固く閉ざされている。

「人の気配、ないですね……」

「そうだな……」

やはり、夜逃げでもしたのだろうか、と榊は思う。そんな中、柏崎は裏手に回って入り口を見つけ、インターホンを鳴らしてみた。

やはり、反応はない。ノックをして呼びかけてみるが、同じだった。

「行くぞ」

「はい……」

柏崎は会社で管理している鍵を突っ込み、扉を開け放つ。

「失礼！　マヨイガの柏崎です。落合《おちあい》さん、いらっしゃいますか？」

落合とは、入居者の名前である。この物件で店を営《いとな》み、店長をしているという。

柏崎のハスキーボイスが、真っ暗な店内に響き渡る。榊もまた、押し入る柏崎とともに店内へと入るが、その瞬間、異様な臭《にお》いが鼻を衝《つ》いた。

「うぐっ……」

柏崎と榊は、鼻と口を覆《おお》う。

榊は手探りでスイッチを発見し、照明をつけた。

すると、辺りがパッと照らされる。クリーム色の壁は、建物が古いためか、少し黄ばんでいた。

「なっ……」

途端に、落合を探していた柏崎が声をあげる。

「どうしました⁉」

「榊、こっちに来るな！」

そう言われても、声をあげた柏崎を放っておけない。

どうやら輸入雑貨店を経営していたらしく、店内には派手な色の雑貨がずらりと並び、外国から届いたと思しき段ボール箱が積み上げられている。

段ボール箱の山をかき分け、勇気を振り絞って駆《か》けつけた榊が見たものは、オフィス用の机の下で仰向《あおむ》けになっている中年男性だった。

ただし、その下半身はなかった。

その男性はまるで無造作に置かれた胸像のように、目を見開いたまま天井《てんじょう》を仰いで絶命していたのであった。

それから、柏崎は警察を呼び、榊はともに事情聴取を受けた。

亡くなっていた中年男性は、やはり自分達が探していた落合だった。資金繰りが厳しいというのは、机の上にあった帳簿から読み取れた。

といっても、帳簿を冷静に見ていたのは柏崎だったのだが。榊は衝撃的な遺体を前に、思わず戻してしまったのである。

「結局、下半身は見つからなかったみたいですね……」

警察署を後にした榊と柏崎は、タクシーに乗って榊の自宅へと向かっていた。外はすっかり暗くなり、車窓の風景はネオンで彩られている。

「そうだな。消えたということはないだろうが、持ち去られたというのも妙だな」

現場には奇妙な点が他にもあった。

机の下には、隠れるように床下収納があった。だが、扉は開け放たれたままで、中は空《から》っぽだった。

「そこに財産を隠していて、強盗に襲われたとか……」

「それならば、資金繰りも何とかなっていただろうし、現場はもっと凄惨《せいさん》だろう。あそこには、争った痕《あと》はなかった」

柏崎のツッコミに、「そうですね」としか答えられなかった。

目を閉じたくない。瞼《まぶた》の裏に、絶命した落合の顔が浮かんでくるからだ。

夢見はきっと、悪いだろう。成仏《じょうぶつ》してくださいと心の中で祈るものの、とてもではないが、成仏出来るような状況ではなかった。

「……柏崎さん」

「……なんだ？」

「あの建物に入った瞬間、なんか、変な感じがしたんですよ」

「奇遇だな。私もだ」

人体が放つ死臭の他に、つんとした黴臭《かびくさ》さを感じた。それが今も、自分にまとわりついている気がする。

「なんだか、僕の部屋みたいだったんです。怪異があった時の……」

榊は、かつて怪現象に見舞われていた自分の部屋のことを思い出す。あの時も、同じように黴臭さが漂《ただよ》っていたのだ。

もっとも、榊自身はすっかり怪異に呑まれていて、ある男に指摘されるまで気づかなかったのだが。

その男の名刺を、柏崎は名刺入れから取り出す。それは、榊が報告の際に渡したものだった。

「今日はもう、家で休め。そして、明日、この人物に連絡しろ」

柏崎は、男の名刺を榊に返す。榊はそれを受け取った。

「柏崎さん、これ……」

「そろそろウチも、専門家の介入が必要な気がしてきたからな」

柏崎いわく、以前から、マヨイガが扱っている物件で妙なことが起こるという話があるという。だが、ここ一年、それが顕著《けんちょ》になっているというのだ。

「妙なことって、僕が遭《あ》ったみたいな……」

「今まで報告があったのは、そこまで大胆な怪異じゃない。だが、君の実例を見ると、今回のことも、もしかしたらと思ってな……」

怪異で亡くなるなんて、小説や映画の出来事のようだ。

普段ならば、そんなまさかと思うのだが、実際に体験してしまうと、簡単に否定出来なくなる。

「そもそも、マヨイガという社名自体、怪異じみたものだしな」

「そうなんですか？」

「ああ。柳田國男《やなぎたくにお》の『遠野物語《とおのものがたり》』に登場する怪異だよ」

『遠野物語』とは、柳田國男という民俗学者が、岩手県の遠野地方に伝わる話をまとめたものである。

それに、『迷い家《まよいが》』という怪異について書かれているのだ。

人里離れた山中にポツンと建っている無人の家で、訪れた者を盛大にもてなしてくれるという。そして訪れた者は何か一品持ち出していいことになっているのだが、無欲な者が持ち出した物品には、大きな恩恵が宿るというのだ。

地元の人は、それを『マヨイガ』と呼んでいた。

「いい話じゃないですか」

「まあ、悪い話じゃない。実際、創業者は『迷い家』のようにお客さんをもてなし、素晴らしい物件を提供したいと思っていたようだし」

「そういえば、会社のホームページに書かれていたような気がする……」

漠然《ばくぜん》と、いい話だなーと思って読んでいたことを榊は思い出した。それと同時に、ホームページを見た時の違和感も呼び起こされる。

「あれ？　でも、社長と創業者の名前が違っていたような……。代替わりしたんですか？　ウチって創業してから、それほど経《た》っていない気がするんですけど……」

首を傾げる榊に、柏崎は静かに告げた。

「創業者は、亡くなったんだ」

「えっ」

「正確には、行方《ゆくえ》不明になってかなりの年月が過ぎ、死亡扱いになったというところだな。噂《うわさ》では、創業者はオカルトに傾倒していたらしい」

榊は息を呑み、車内には沈黙が漂う。

そんな中、車内のデジタルサイネージから流れるオフィスソフトのＣＭが、やたらと場違いに感じたのであった。

「――というわけです」

市ケ谷の一角にある喫茶店にて、榊は一通りの説明を終えた。

目の前にいる黒ずくめの青年は、怪異に見舞われていた榊を助けてくれた人物、九重《ここのえ》だった。

彼と会ったのは、薄暗い路上であったり、慌ただしい状況だったりして、まじまじと姿を見てはいなかった。

彼の気配は、夜の中だとやけに希薄で、意識しなくては認識の外に零《こぼ》れてしまいそうでもあった。

だが、昼間の明るい店内では、彼の存在は浮いていた。

なにせ、髪やコートや靴に至るまで、全身黒ずくめなのだ。肌が色白なのも相俟《あいま》って、墨絵のようだと榊は思った。

美しい顔立ちなのだが、どこか物憂《ものう》げで、わずかに眉《まゆ》をひそめて苦悩しているようにも見えた。

ふと、本当に人間なのか、という疑念が過る。九重のまとう雰囲気は、それほど異質だった。

影のようにひっそりとしていて、何処《どこ》にでもいて何処にもいないように思えた。

黒い革手袋を嵌《は》めた彼は、温かいココアに口をつけながら、榊の話に耳を傾けていた。

九重の整った唇がカップに触れる度《たび》に、榊は何やら落ち着かない気持ちになる。自分が女子であれば、悩ましい溜息《ためいき》の一つでも零していたかもしれない。

ココアを飲んで一息ついた九重は、静かに言った。

「警察が介入しているのなら、俺の領分ではない。彼らの邪魔をするわけにはいかないからな」

「おおう、そうきましたか……。でも、警察の捜査にも限界があると思うんですよ。その、普通の事件ではないみたいだし。弊社としては、とにかく件《くだん》の物件に怪異がまとわりついていないか知りたいんですけど……。まとわりついていたら、除霊もお願いしたいし……」

事故物件となってしまったが、物件自体が貸せなくなったわけではない。オーナーの意向で、警察の捜査が終わって然《しか》るべき処置をした後は、再び入居者を探さなくてはいけなかった。

その際、警察や不動産屋にとって専門外の問題を取り除いておきたいというのが会社の意向だった。

そして、亡くなった落合の下半身が見つかれば、警察の捜査が早く終わるのでは、という目論見《もくろみ》もあった。

「君の家の様子と、似ていたと言ったな」

「そうですね……。あの黴臭さとか、この辺がぎゅっと摘《つ》まれる感じが似ているような気がして……」

榊は、額《ひたい》の皮をきゅっと摘まんでみせた。

「でも、妙に綺麗《きれい》な気もするんですよね。僕の家は黒ずみがヤバかったですけど、あの店は血痕《けっこん》すらなかったし……」

昨日の出来事を思い出した榊は、「うっ」と思わず口を押さえた。飲んでいたコーヒーを戻しそうになってしまったのだ。

死体を見るのは初めてじゃない。祖父が亡くなった時、棺《ひつぎ》に入れられた遺体に花を供えたことがある。

だが、祖父は生前と同じ姿で眠るように目をつぶっていた。落合のように、身体が半分なくなって目を見開いていたわけじゃない。

「妙に綺麗……か。場所を、教えてくれないか」

「九重さん、調査を受ける気になってくれたんですね！」

戻しそうになったコーヒーを飲み込み、榊は目を輝かせた。

「……そうだな。個人的に、気になることがある」

榊は、柏崎から提示された報酬《ほうしゅう》やら何やらの話をし始める。

だがその時、ふと、前回のことが気になった。

「そういえば、僕は前回助けてもらったのに、謝礼のお支払いをしていなかったんですけど……」

榊は震える声で、「お代はいかほどで……」と尋ねる。

九重が自主的にやってくれたことだが、助けてもらったので、支払える範囲であれば出し惜しみをしたくない。とはいえ、それほど金銭的に余裕があるわけでもないが。

「あの時は、俺がやりたいと思ってやっただけだ。不法侵入で通報しなかったから、それでいい」

心配する榊に対して、九重はあまりにもさらりと言った。

「えっ、除霊ボランティアとか、九重さんは仏様か何かですか⁉」

「いいや、呪術屋《じゅじゅつや》だ」

九重は、顔色一つ変えずにココアを啜《すす》る。

「気になってたんですけど、その呪術屋ってなんですか？　やっていたことは霊能者っぽかったんですけど……」

思わず除霊と言ってしまったが、九重は呪いが云々《うんぬん》と言っていた。

専門知識がない榊は、九重が榊の部屋にあった呪われた道具を壊し、家の周りにやって来た幽霊を退《しりぞ》けたようにしか見えなかったが。

「君が霊と表現しているものも、呪いの一種だ」

「ほほう?」

九重の補足に、榊は首を傾げる。

「そして、呪術屋というと誤解を受けるかもしれないが、実際は、『呪い屋』といったところだろうな」

「むしろ、そっちの方がわからないんですけど……」

呪いというと、やはり丑《うし》の刻《こく》参りを連想してしまう。

「丑の刻参りもまた、呪いの一種だな。君の認識は誤りではないが、あまりにも狭過ぎる。呪いというのは、もっと日常に潜《ひそ》んでいるものだ」

「日常に……? 怖過ぎでは?」

榊はぶるっと震える。

だが、榊の認知バイアスも呪いだと九重は言っていた。それならば、日常的にあるものだ。

「日常的な呪いとは、存在を縛《しば》るものだ。君の榊誠人《まこと》という名も、君を縛る呪いの一種だ」

九重は、榊から渡された名刺を眺めながら言った。

「呪いはネガティブなイメージが強いが、そういうわけではない。君に榊誠人という名前を付けることにより、榊家の誠人という人物であると周囲に認識させることが出来る。君に名前がなかったら、どうなると思う？」

「何処の誰だかわからないって感じですね……」

名前は大事なものだ。

名前がなければ住居も借りられないし、就職も出来ないし、資格も取れない。その人を呼ぶ時だって、名前がないと不便だ。

「名前という呪いは日常に欠かせないものとなっている。そういう意味では利点の方が大きいが、君は榊誠人だからこそ、榊家のしがらみに縛られることもある」

「名前があって身分がしっかりしているからこそ、税金も払わなきゃいけないですしね……」

「税金は巡り巡って、自分の暮らしを良くするものだ。デメリットにはならない」

呪いという非科学的な話をした男は、非常に現実的な社会の仕組みを榊に論じた。

「他にも、役目も呪いの一つだ。君は新入社員という呪いに縛られているからこそ会社で守られてはいるが、教育を受けなくてはいけない」

「上司の柏崎さんは、課長だから僕の教育をしなきゃいけないし、辞めていった同僚の分まで仕事をしなきゃいけない……」

そう考えると、柏崎はとんでもない呪いにかかっていると言える。

彼女が仕事を投げ出して退職すれば、彼女にかかった呪いが解けるかもしれないが、性格的に絶対にやらないだろう。

「呪いって、あらゆる縛りをそう表現しているという感じですか？　どっちかというと、呪いをかけることで自他にそういう認識をさせるって感じなのかな……」

「君は理解が早い」

九重は淡々とした表情のまま、さらりと榊を褒《ほ》めた。榊はデレッと表情を緩《ゆる》めるが、九重は間髪《かんはつ》を容《い》れずに続けた。

「誰かを呪うということは、誰かへ強制的に縛りを課すということだ。君が言う丑の刻参りは、痕跡《こんせき》を残して呪う対象に見せれば、呪う対象に『誰かが自分に害意を抱いている』と認識させることが出来る。逆に、痕跡を残さないのであれば、『自分が憎い相手を呪うことで、不幸に陥《おちい》らせることが出来るかもしれない』という認識を得ることも出来る」

「ということは、前回の僕も……？」

部屋中の汚れと怪異を認識出来なかったのも、榊自身が「そんなことはあるわけがない」と拒絶するよう、自身に縛りを課していたからではないだろうか。

そのことを九重に話すと、「そうだな」と頷《うなず》いた。

「それもまた、自身にかけた呪いだ。呪いをかける技術を呪術と呼ぶ。そして、俺はそういうものを、解いて回っている」

「僕は知らぬ間に呪術を……⁉」

ちょっとだけ、カッコイイのではと思ってしまう。だが、九重は無表情で、冷ややかな反応だった。

「一般人が知らない間に呪いをかけるのは、よくあることだ」

「ですよね……」

九重の話では、よくある思い込みも呪術の一つだという。それを再認識して、榊はがっくりと項垂《うなだ》れた。

「ん、待てよ」

「……どうした？」

「九重さんは、どんな呪いでも解いちゃうんですか？」

「そうだな」

「それじゃあ、そのために人から名前を奪うなんてことも、出来るんですかね……？」

興味本位の疑問だった。そんなこと、出来るわけがないと思った上での質問だった。

だが、九重はカップを手にしたまま固まり、アンニュイな瞳で答えた。

ただ短く、「ああ」と。

榊は柏崎に連絡をしてから、九重とともに上野に向かう。

名前の話をしてから、もともと無口な九重は、更に沈黙ばかりになった。

人の名前を奪えるなんて、本当だろうか。そんなはずはないと思うものの、九重が嘘《うそ》を言っているとも思えなかった。

名前を奪われてしまったら、どうなるんだろう。

榊が榊誠人として認識されなくなってしまったら？

身分証明書は使えなくなるし、マヨイガの社員としても働けなくなってしまうのではないだろうか。そして、柏崎にも名前を呼ばれることはなく、名無しの人として、空気のような存在になってしまうのではないだろうか。

そう考えると、恐ろしい。

榊は自然と、九重と距離を取りながら歩いていた。そんな榊を、九重は気にした様子はなかった。

やがて、上野にある例の店の近くに辿《たど》り着く。

店のシャッターは開けられ、中と外には数人の警官がいた。現場検証をしているらしく、鑑識が出入り口付近を捜査している。

「昨日の今日だし、当たり前か……」

建物の陰から店の様子を眺めながら、榊は溜息を吐《つ》いた。

「あの、上司がこちらに来るそうなので、しばらく待ちましょう。やり手の上司なので、警察とうまく話をつけてくれるかもしれませんし……」

榊は九重の方を振り返るが、彼の姿はなかった。

「九重さん？」

なんと、榊の提案など他所《よそ》に、九重は現場の店に歩いていくではないか。

「待ってください、九重さん！」

榊は慌てて、九重の後を追う。そんな二人を、店の前にいた警官が見逃《みのが》すわけがなかった。

「なんだ、君達は？　ここは立ち入り禁止だよ」

外で見張っていた警官が、二人を押し戻そうとする。榊は「関係者です！」と事情を話そうとする。

だが、それより早く、九重が動いた。

「すまないな」

ぽつりと呟《つぶや》き、前方に右手を差し出す。店に踏み込む寸前で、虚空《こくう》をむんずと摑んだ。

「急急如律令《きゅうきゅうにょりつりょう》。暗幕よ、解《ほど》けよ」

九重が空間を引っ張ると、何かがずるりと引き剝《は》がされた。

「うわっ……！」

九重は驚く榊の腕をむんずと摑み、遠慮なく店の中に入る。警官に強制退去させられると思ったが、その気配はなかった。

それどころか、こちらを止めようとした警官の姿が消えていた。しゃがみ込んでいた鑑識の姿もない。

「っていうか、ここ……何処ですか……？」

榊の声が震える。店内は、昨日とは様子が異なっていた。

少し黄ばんだクリーム色の壁は、どす黒い汚れがこびりついている。赤みを帯びたそれは、乾いた血にも見えた。

鼻がもげるほどの黴臭さが漂っている。

照明がついていなくて暗いのに、何故か、店内の様子はぼんやりと見えた。

「あの店の中だが、異界だ」

「異界？」

榊は、オウム返しに尋ねることしか出来なかった。

「認識がずれた異空間だと思えばいい。歪《ゆが》みにして、強力な呪いだ」

「異空間って、にわかに信じられないんですけど……」

だが、信じる他ない。さっき自分達を止めようとした警官は、いまや、影も形もないのだから。

背後を振り返ると外の様子が窺《うかが》えたが、陽炎《かげろう》のように揺らめいていて、ひどく平面で現実味がないものに見えた。

また、自分は真実が見えていないのではないかと己《おのれ》を疑いそうになる。だが、今は見たままを受け入れ、九重を信じるしかないと思った。

自然と、九重のコートを掴んでしまう。だが、九重は振り払おうとはせず、店の奥へと向かった。

店内には棚がずらりと並べられ、輸入雑貨が陳列《ちんれつ》されている。

だが、どれも真っ黒に染まっていた。見たくないものであるかのように、塗り潰されていた。

「元々は、輸入雑貨が好きだったんだろうな……」

だからこそ、店を出そうと思ったのだ。だが、利益が得られなくて、焦《あせ》れば焦るほど、その原因となる売れない商品に憎悪が湧いたのだろう。

そう思うと切なくなる。榊は、自然とうつむいた。

しかしそのせいで、立ち止まった九重の背中に、顔を突っ込むことになった。

「ぶわっ、すいません！」

榊は慌てて飛び退《の》く。

だが、九重は目の前にある机を見つめているだけだった。

「あっ、そこは……」

「被害者の遺体があったんだろう？」

「どうしてそれを？」

説明したっけ、と首を傾げる。

九重は真っ黒に汚れている机の上をそっとなでて、こう言った。

「呪いの痕跡がある」

「そういうのも、見えるんですか……？」

「追っている呪いがあるからな」

答えになっているのかなっていないのかわからないような返答の後、九重は膝《ひざ》を折って机の下を探る。

そこには、開け放たれたままの空っぽの床下収納があった。

「ここには何が？」

「えっと、僕達が来た時には、何もありませんでした」

「……そんなはずはない」

そう申されましても、と榊は心の中で抗議する。

しかし、九重はそれ以上榊を問い詰めたりせず、机のすぐ横にあったサイドテーブルに視線をやった。

「この写真立てだけ、汚れがないな」

「あっ、本当だ」

サイドテーブルには、写真立てが置かれていた。

そこには、笑顔の落合と、同じくらいの年齢の女性、そして、幼い女の子が写っていた。

落合は絶望的な死に顔からは想像出来ないほど、幸せそうに微笑《ほほえ》んでいた。

「家族の写真だ……。ここに入居していた落合さん、奥さんと娘さんがいるみたいなんですよね」

「家族がいるからこそ、経営が傾いて思い詰めていたのかもしれないな」

「そういうのも、呪いが発生するんですか？」

夫として、父親として、経営者として、そんな呪いに縛られていそうだ。

「そうだな。様々な立場がある者は、それだけ呪いに雁字《がんじ》搦《がら》めにされやすい」

「色んな立場にいると身動きが取れなくなる、って上司が言ってたんです。そういうことかなって思って……」

そう考えると、柏崎のことも心配だ。とはいえ、自分も柏崎を縛っている呪いの一つなのかもしれないが。

「九重さん、僕――」

「しっ」

九重に人差し指を向けられ、榊は慌てて口を噤《つぐ》んだ。

ひたっと裸足《はだし》で歩くような足音がする。九重に促《うなが》され、榊は膝を折って姿勢を低くした。

うすぼんやりとした闇の中で、何かがゆっくりとこちらに近づいて来た。

歩き方とおおよそのシルエットから、人のように見える。

だが、近づいてきた『それ』の姿が明らかになった瞬間、榊は悲鳴をあげそうになった。

裸足でやって来たものは、中年男性の下半身のようだった。どっしりとした足に、汚れたジーンズがやけに目につく。

だが、上半身は違っていた。

肉と脂肪を無理矢理膨《ふく》らませたような、ぶよぶよとした塊《かたまり》だった。

深海魚がいきなり水から引き上げられた時、内臓が口から飛び出したり、身体が不自然に膨らんだりする。そんな姿に、よく似ていた。
肉の塊からは、バオバブの木みたいに膨らんだ腕のようなものが飛び出してい
て、三本しかない指で、辛《かろ》うじて段ボール箱を持っている。
化《ば》け物だ、と榊は叫びそうになる。
だが、奇妙な塊はひたひたと二人の前を横切り、店の陳列棚までやって来た。
「探しものは、見つかったようだな」
九重が、ポツリと言う。
そんな彼の前で、奇妙な塊は段ボール箱から輸入雑貨を取り出し、空《あ》いている棚
へ丁寧に陳列し始めたではないか。
「まさか、落合さん……？」
奇妙な塊の下半身の体型やファッションは、仰向けになっていた落合の上半身と
一致するように思えた。
下半身から無理矢理生《は》えた上半身のようなものは、必死に箱の中の雑貨を手にし
ようとするが、いかんせん不器用なようで、ポロリポロリと零してしまう。
どういうわけか、現世から消失した下半身は、この異界とやらで仕事を続けてい
たようだ。こんな場所では、客は来ないというのに。
落合の下半身は、手のようなもので落ちた雑貨を何とか拾い上げ、埃《ほこり》を払って棚

へ順番に陳列していく。

だが、陳列したそばから、雑貨は腐敗《ふはい》したかのように黒ずんでしまうのだ。

「お、落合さん！」

居ても立っても居られず、榊は立ち上がった。

異形《いぎょう》の落合への恐怖は、心の中から消え去っていた。

「もういいでしょう⁉ あなたは、亡くなったんですよ！ それに、どんなにお店を整えたって、もう、誰も来ないじゃないですか！」

不毛な作業をやめさせたい。

そんな一心で、榊は落合に呼びかけた。だが、落合は聞いている様子もなく、黙々と作業を続けていた。

「……榊」

見かねた九重が榊の肩を摑む。だが、榊の叫びは止まらなかった。

「戻って来てくださいよ！ ご遺体はちゃんと家族にお返しします！ 不動産のことだって、いや、それ以外のことだって、僕がお手伝いしますから！」

家族。その言葉に、落合の下半身は動きを止めた。

緩慢《かんまん》に、しかし確実に、榊と向き合おうとする。

「落合さん……！」

だが、その瞬間を待っていたかのように、九重が動いた。

「すまないな」

九重は、落合の下半身から生えている肉塊をむんずと掴んだ。

「何を……！」

驚く榊の前で、九重は静かに唱《とな》えた。

「急急如律令。我が呪いにより……解けよ」

びくん、と落合の下半身がのけぞる。だが、彼が動いたのはそれが最後だった。

急速に、九重に掴まれている肉塊の輪郭《りんかく》が崩《くず》れる。

ボロボロと零れた肉片は、細かく崩れる度に色を喪《うしな》って、最後にはガラスの欠片《かけら》のように透明になって、虚空へと消えていった。

さあっと店の奥から風がやってくる。

それは辺りに漂う淀《よど》んだ空気をさらい、店の外へと運んでいった。

その風に乗って、優しくも悲しげな中年男性の声が聞こえる。

「……あとは頼んだよ」

「えっ？」

榊は振り返るが、そこには、落合が使っていた机があるだけだった。

「やはり、な」

一方、肉塊を消し去った九重の手には、見覚えのある板切れが握られていた。榊の家に隠されていたものと、瓜二《うりふた》つだった。

「こいつが、被害者を動かしていたんだろう」

九重の手の中で、人型の板切れは真っ二つに折れる。乾いた音とともに、板切れが持っていた得体の知れない雰囲気も消失した。

「どうして、それが……」

「俺は、これを追って来た」

「九重さんは、あれが何か知っているんですか？」

食い下がる榊であったが、九重の足元でどさりと重々しい音がした。

榊は、恐る恐るその正体を見やる。

そこには、肉塊から解放された落合の下半身があった。九重はその遺体に、刹那《せつな》の黙禱《もくとう》を捧げる。

「行くぞ。異界が消える」

周囲の景色が揺らぐ。「今、ここに人が来たような」「気のせいじゃないか」という警官達の声が聞こえてくる。

このままではいけない。榊はそう思って、コートを翻《ひるがえ》して踵《きびす》を返す九重に続いて店から出た。

勿論《もちろん》、落合のサイドテーブルの横にあった、家族の写真を回収することを忘れなかった。

落合の下半身は、警官達の目の前に突如出現した。

その場が騒然とする中、彼らの目を逃れて脱出した九重と榊は、店を後にした。

柏崎も駆けつけたが、立ち去る九重と行き違いになってしまった。

そのせいで、榊は柏崎への説明に難儀《なんぎ》した。なにせ、わからないことばかりである。

落合の下半身は異界にあって、落合が死しても尚《なお》そこで働いていたので、何とか説得して下半身を現世に引き戻した。落合の下半身から生えていたものは、九重が取り除いてくれた。

榊は自分で話しながらも、その説明がサッパリわからなかった。

柏崎も眉間《みけん》を揉《も》みながら聞いていて、最終的には、「わかった、わかった。わからんけど」と話を強制終了した。

上や外への報告は、全部、彼女がやるとのことだった。申し訳ないと思いながらも、それが最良の手段だろうな、と榊は思った。彼女は自分と違って、大人の対応が出来るはずだ。

そして、写真立てをご遺族に渡したい、という榊の願いは、柏崎が同行するということで聞き入れられたのであった。

後日、柏崎とともに遺族へ挨拶《あいさつ》に伺った。

葬式は終わった後のようで、憔悴《しょうすい》しきった様子の妻が応対してくれた。彼女らは古い集合住宅に住んでいて、落合のお骨と遺影はリビングに置かれていた。

柏崎は、落合の妻に丁寧に説明しながら、不動産関係の書類を渡す。落合の妻いわく、落合は借金を背負っていたが、生命保険で何とか返せるとのことだった。

「お金が入ってきても、あの人が帰ってこなければ意味がないんですけどね……」

落合の妻は、寂しそうに笑った。彼女は柏崎から書類を受け取ると、「お世話になりました」と丁寧に頭を下げる。

榊は思う。

家族を大切にする落合は、自責のあまり、事故に見せかけた自殺でも図《はか》ろうと思ったのではないだろうか。そうした方がいいという呪いを、自身にかけたのではないだろうか。

人型の板切れは、社員寮に居続けたいという榊の認知を歪ませていた。もしかしたらあの板切れには、願望から生まれた呪いを、増幅させる力があるのではないだろうか。

落合は、家族に迷惑をかけないために死を選んだ。だが、自分の店も捨てられなかった。

だからこそ、身体の半分は異界とやらで仕事を続けていたのかもしれない。

（やるせないな……）

どうして、こんなことになってしまったのか。榊は、感情のやり場を見つけられなかった。

するとその時、「ただいま」という女児の声とともに、玄関の扉が開く音がした。

「あ、すいません。娘が帰って来たようで……」

「お母さん、お客さん？」

ランドセルを背負った娘は、遠慮がちに顔を覗《のぞ》かせる。「ごめんね。自分の部屋に行ってて」と落合の妻が娘を引っ込ませようとするが、それよりも早く、榊は娘に歩み寄った。

「これ、お父さんのお店にあったんだけど」

紙袋の中から、写真立てをそっと取り出す。

きょとんとしていた娘であったが、笑顔の家族写真を見た瞬間、ぱっと破顔《はがん》した。

「お父さん！」

娘は、ぎゅっと写真立てを抱きしめる。
写真を見た落合の妻は、目を丸くしていた。
「この写真、いつの間にかアルバムから消えてたんだけど、あの人が持っていたの
ね……」
「……どんな時でも家族が見守っていると、心の支えにしていたのかもしれません
ね」と、様子を見守っていた柏崎が言った。
娘は、写真立てを強く抱きしめていた。今度こそ、家族を手放さないと言わんば
かりに。
「お父さんはきっと、そこから君達を見守っているよ」
榊は膝を折って娘と目線を合わせると、慈《いつく》しみを込めてそう言った。すると、娘
は力強く、「うん！」と頷いた。
父親が見守っていると思い込ませることも、九重の言う呪いの一つなのかもしれ
ない。
でも、それで遺族が救われるのならばいいじゃないかと榊は思う。願わくは、呪
いなんかじゃなくて、本当に見守っていて欲しいけど。
愛娘《まなむすめ》に抱きしめられた写真の中の落合は、明るく、何処か安らかに微笑んでい
るように見えた。

第三話

海神《わたつみ》の痕跡《こんせき》

その運河には、長い間、淀《よど》みがあった。

時に海を漂《ただよ》い、時に彼方《かなた》へ向かって泳いでいた大いなる存在が、人の手によって繋《つな》ぎ止められていたからである。

その存在がいるから運河が濁《にご》り、そこに住まう人々の心もまた蝕《むしば》まれていった。

そして、周囲の生態系も――。

豊洲《とよす》にあるマンションの一室から、毎晩のように物音がするという苦情が寄せられた。

豊洲は、東京都江東区《こうとうく》の臨海都市だ。新交通システムのゆりかもめの終点で、東京湾の潮風が運河を伝《つた》って流れ込む場所である。

高層マンションも多く、物件が密集する地域でもあり、当然、マヨイガが扱っている物件も多かった。

「深夜に足音と思《おぼ》しき音が響いている、かぁ。生活音って難しいんですよね」

パソコンに記録した苦情を眺《なが》めながら、榊《さかき》は溜息《ためいき》を吐《つ》いた。

「何号室だ？」と上司の柏崎《かしわざき》が問う。

「三〇二号室の入居者さんからの苦情です。足音だから、上ですかね」

榊の報告を聞いた柏崎は、キーボードに走らせていた指をぴたりと止めた。

「その件なら、生活音じゃないかもしれないな」

「えっ。住民以外に、異音《いおん》を発するような何かが？」

「ああ。周りの家からも何件か苦情が来ていて、全室のポストに騒音に関するお知らせを入れていたんだ。三〇二号室の入居者からは何の連絡もなかったから、てっきり、その部屋から異音がしていると思ったんだが」

柏崎は眉間《みけん》を揉《も》みながら、榊と向き合う。

「騒音を立ててる人は、騒音の苦情なんて寄こしませんよね……」

「ああ、そうだな。これで、三〇一、三〇二、三〇三、四〇一、四〇三と似たような苦情が来たわけだが」

「それってもう、四〇二号室が怪《あや》しいのでは……」

榊はすかさずそう言うものの、柏崎は言いあぐねるように口を噤《つぐ》んでから、こう返した。

「四〇二号室は、空《あ》き室なんだ」

さあっと榊の血の気が引く。

「こ、九重《ここのえ》さん案件では……!?」

「建物の構造上、思いもよらないところから音が響いている可能性もあるが……。

まあ、うちの会社が扱っている物件だしな」

先日も、呪術《じゆじゆつ》屋《や》である九重の力を借りたばかりだ。貸店舗の入居者が変死していて、消失した遺体を何とか取り戻したのだが、その時に異界という異様な空間に迷い込んで恐ろしい想いをした。

「やっぱり、呪《のろ》い――ですかね」

「可能性の一つとして考えられるな。深夜の騒音トラブルは住民の健康を損ねることもあるから、早めに手を打ちたい。業者への依頼を頼む」

「あっ、ハイ！」

榊は九重に連絡すべく、彼の名刺を探し出す。まさか、こんなに短期間で怪現象に何度も見舞われるとは。

（それにしても、柏崎さん的には、怪現象というよりも騒音トラブルなんだな……）

水回りのトラブルは水道修理業者に、虫が湧《わ》いたという苦情は害虫駆除サービスに連絡するというのと変わりがない様子だった。

怪現象をむやみに否定するよりはいいが、もう少し訝《いぶか》しむリアクションがあってもいい気がすると榊は思った。

「それにしても、豊洲か。一年前の事件を思い出すよ」

パソコンに向き直りながら、柏崎がぽつりと言った。彼女の整った横顔は、苦々《にがにが》しげに歪《ゆが》められている。

「綿津岬《わたつみさき》消失事件……ですか？」

「ああ。うちの会社も、あの街の物件を幾《いく》つか管理していたからな。処理に追われる日々だった」

約一年前、豊洲に隣接した街が、丸ごと運河の中に没した。

綿津岬という埋め立て地の上に築かれた街であったが、埋め立て工事の際に不手際があったとかで、地震とともに大規模な地盤の崩壊が起こり、最終的には海に消えてしまったのだ。

前代未聞の大事件となり、事件は連日のように報道されて、様々な憶測《おくそく》が飛び交った。

「あの時は、オカルト的な考察をする輩《やから》が多くてな。話によると、綿津岬が運河に沈む時に、巨大な異形《いぎょう》の怪物が現れたそうだ」

「怪獣映画みたいですね……。動画とか、なかったんですか？」

「どういうわけか、動画も画像もない。撮《と》るのを忘れて見入っていたとか、撮ったけれどもデータが破損していたとか、そんな話ばかりだ」

「胡散臭《うさんくさ》いことこの上ないですね。何人ぐらいの人が見ていたんですか？」

「千人以上いたんじゃないか？　街の住民は全員避難していたというし」

「せん……にんっ⁉」

一人や二人ならば、嘘《うそ》を吐《つ》いている可能性があった。だが、千人となれば話は別だ。

「世の中には、説明がつかないこともある」

柏崎は、そう言って仕事を再開した。

「だが、説明をしたり解決したりしなくてはいけないこともある。我々も、不動産を管理している以上、そういうことを要求されているのさ」

柏崎の言葉には、やけに重みがあった。きっと彼女は、説明がつかないことの説明や解決を何度も求められているのだろう。

彼女の横顔を見つめながら、榊はすがるように九重の名刺を摑《つか》んでいたのであった。

榊が連絡をすると、九重は豊洲にいるということだった。

あまりにもタイミングが良過ぎていて、榊は気味が悪くなってしまったが、気を取り直して九重と豊洲で待ち合わせることにした。

九重が指定したのは、ある喫茶店だった。

「九重さん、お待たせしました！」

喫茶店に到着した榊は、奥の席にいる九重の顔を見るなり、足早に歩み寄った。

「それほど待っていない。気にしなくていい」

九重はさらりとそう言ったが、彼の前に置かれたココアはすっかり飲み干されていた。市ケ谷《いちがや》駅から豊洲駅へは東京メトロ有楽町《ゆうらくちょう》線で一本だが、それなりに距離があって遠いのだ。

「すいません、お仕事中だったみたいで」

「いや、私用だ」

九重は榊に答えながらも、遠い目で、窓の外に見える豊洲の街を眺めていた。

通りには、人も車も絶え間なく行き交っている。家族連れが和気あいあいとお喋《しゃべ》りをしている横を、スーツ姿の人達がせわしなく目的地に向かっていた。

「私用、ですか。まあ、どっちにしても、待っててもらって申し訳なかったっていうか……。九重さんは、事務所とかってないんですか？」

名刺には、メールアドレスと携帯電話の番号しか記されていなかった。

「事務所はある。あまり、人を招くような場所ではないけどな」

「ほほう？」

榊は興味があったのだが、九重はそれっきり黙ってしまった。こちらが質問しない限り、彼は自身のことを語りたがらないらしい。

九重が何故《なぜ》、事務所に人を招きたがらないのか。

(片付いていないのかな。意外とずぼらだったりして。まあ、単純に、僕みたいな素人《しろうと》に来て欲しくないのかもしれないけど)

なにせ目の前にいるこの男は、呪いの専門家だという。

榊自身、呪いを体験した身とはいえ、知識は素人の域を脱していない。

「で、どんな要件だ」

「はっ、それなんですけど……！」

榊は慌てて九重に事情を話す。九重は黙って相槌《あいづち》を打ちながら、榊の説明に耳を傾けていた。

「——というわけで、件《くだん》のマンションで呪いが発生していないか、九重さんに鑑定して欲しいんです。もし、呪いが発生しているようだったら除霊《じょれい》をお願いしたいんですけど……。勿論《もちろん》、料金は追加で支払いますから」

「君達は、調査をしていないのか？」

九重は榊に問う。

当然の質問だ。怪しいと思われている部屋は空き室で、しかも、マヨイガが鍵を持っているのだから。

「流石《さすが》に、立て続けに呪いに関する事件があったので、上司も慎重になっていて……。上野《うえの》の件も、先に九重さんに依頼していれば、手間が省《はぶ》けたのではないかと言っていました」

貸店舗の一件は、榊と柏崎が異様な遺体を発見し、警察に通報した。だが、九重の力で、消失した遺体の一部を取り戻せた。

もし、警察と九重の順番が逆だとしたら、警察は行方《ゆくえ》不明の遺体の一部を探す手間は省け、九重と榊が警察の目を気にせず調査をすることが出来たのではないかということだ。

「鑑定にかかる費用よりも、手間を省く方を選ぶか。俺も随分《ずいぶん》と信頼されたものだな」

「大きな実績が二つありますしね。それに、うちの上司は現実主義者なので」

「そう名乗る者は、呪いを非現実的なものと認識することが多い」

「事実を事実として受け止める器《うつわ》があるってことですよ」

そう言い切った榊を、九重はしばらくの間、じっと見つめていた。

喫茶店に流れる穏やかなBGMと近くのテーブルの会話が、やけにハッキリと榊の耳に届く。

気まずさのあまり、榊の手が汗でべたべたになり始めた頃に、九重は「わかった」と頷《うなず》いた。

「その依頼、引き受けよう」

「有り難う御座《ござ》います！」

「俺が追っているものも、そこにあるかもしれない」

「九重さんが追っているものって……？」

そういえば、九重と出会ったのは榊が住まうマンションの前だった。あの時、九重は既に、榊の部屋に目をつけていたように思える。

九重は、逡巡《しゅんじゅん》するように視線を彷徨《さまよ》わせてから、ポツリと答える。

「一年前の事件の、痕跡だ」

「一年前っていうと、もしかして、綿津岬消失事件……？」

「そうだ。察しがいいな」

九重の目が細められる。

「豊洲の物件の話題の時に、上司と少し話しまして……。綿津岬っていう街が、丸まる一つ沈んじゃったんですよね……」

改めて豊洲に着くまでにスマートフォンで調べてみたが、公式のものとされている原因の他に、オカルトじみたものがいくつか上がっていた。

その中でも興味を引いたのは、海神《わたつみ》神社に祀《まつ》られていた神の一柱《ひとはしら》が、綿津岬の下で眠っていたという話だった。その説は、ある出版社が発行しているオカルト誌にも掲載されて、マニアの間では非常に話題になったという。

普段ならば、荒唐無稽《こうとうむけい》だと一蹴《いっしゅう》するような話だが、綿津岬の崩壊時に、巨大な異形のものが現れたという話と妙に一致していると思ったのだ。

その話をすると、九重は目だけ動かして周囲を一瞥《いちべつ》し、声を少し潜《ひそ》めた。

「あの場所には、異界の存在がいた」

「異界って、上野の貸店舗の時に入った空間ですよね……。その存在っていうことは……」

異界で見た異様な光景と、綿津岬が崩壊した時に異形のものが現れたという証言が、榊の頭の中で重なる。

「俺が異界と呼んでいるのは、俺達が存在している物理的な世界と、認知による概念的な世界の境界だ。双方を隔《へだ》てるものが曖昧《あいまい》だから、普段は接触しない者同士が、ちょっとしたことをきっかけに触れ合ってしまうこともある」

「認知って、呪いの原因にもなるやつですよね……」

「ああ。その世界にいる存在は恐らく、俺達よりも高次元の存在だ」

「高次元……？　確かに、常識を超えているとは思いますけど」

「我々は三次元に存在している。彼らはその、上位の次元にいるということだ」

一次元は線、二次元は平面、三次元は立体で存在し、自分達は立体であり空間を自由に行き来出来る三次元の存在だということは、榊も知っていた。

そして、四次元は時間を指しており、四次元の存在は時間を自由に行き来出来るらしい。そのため、四次元の存在は、我々からすればタイムトラベラーのように映る。

概念や認知に依存している者達も、それに似たようなものなのだろう。

「彼らのような高次元の存在は、時として、我々の認知や感覚に働きかけて接触を図《はか》る。綿津岬の事例は、その類《たぐい》だろう」

「それじゃあ、その綿津岬の下に眠っていた神様とやらの行方がわからないと、まずいのでは……」

「いや」

九重は頭《かぶり》を振った。

「記事によると、その存在は本来あるべき場所へと還《かえ》れたとのことだった。その存在自体は問題ない。だが――」

「だが？」と榊はオウム返しに問う。

「呪いの残滓《ざんし》が残っている」

つんとした磯臭《いそくさ》さが、鼻先を過《よぎ》ったような気がした。あらゆる生命が生まれて死ぬ場所である海のにおいは、生き物を煮詰めたようだと榊は常日頃から思っていた。

「実際、俺は綿津岬の跡地で呪いの残滓が渦巻いているのを感知した」

放っておくわけにいかないと思った九重は、それらの祓《はらえ》を行うことにした。その甲斐《かい》あって、今はかなり落ち着いている。

「流石は九重さん。残滓で何かが起こる前に動いていたわけですね」

「いいや。俺が見つけた時には既に、ある程度薄まっていた。自浄《じじょう》作用のせいだろう」

「放っておけば自然に薄れるっていうやつですか？　でも、完全になくなるには時間がかかりますし、九重さんが早急に対処してくれて良かったというか――」

「君は何か勘違いをしているようだな。自然と薄れたということは、呪いが分解されて拡散したということだ」

「あっ……」

榊は息を呑《の》む。

いくら泥が入った水を薄めても、泥がなくなるわけではない。濁りは薄くなったように見えるかもしれないが、飲料水には出来ない。

「もしかしたら、呪いは海の方へ……？」

「いいや。呪いもまた、異界の存在と同じ次元に存在している。俺達の物理的法則とは異なる動き方をするんだ。俺は、そんな残滓を追っていた」

「追っていたってことは、まさか、その先に――」

いつの間にか、榊の口の中は渇いていた。

喉《のど》が張りつくような感覚が、榊を襲う。瞬《まばた》きをすることすら忘れ、双眸《そうぼう》を見開いているせいで眼球がチリチリと痛かった。

「そうだ。その先に君がいた。正確には、君が借りている部屋があった」

綿津岬消失事件。巨大な異形のもの。そして、残された呪いと、榊の部屋を襲った怪現象。

それらが、一つに繋がってしまった。

「呪いの残滓が、予《あらかじ》め巡らされていた流れと合流して、君の部屋に流れ込んでいたらしい。その流れに接触した点が、豊洲の辺りだった。何度か場所を特定しようと足を運んだが、この辺りは歪みがひどくて特定に至らなかったんだ」

歪みのひどさは、異界の存在がいたことによるものだった。榊のように、平均的な感受性の人間には影響を及ぼさないが、霊感が強いと言われている類の人達にとっては、息苦しさを訴えたくなるような環境らしい。

「そんな風には見えないのに……」

丁度、喫茶店に学生と思しき数人の男女が入って来たところだった。彼らはのんきに、大学のレポートが面倒くさいとか、サークルのメンバーで飲みたいとか、そんな話をしていた。

何処《どこ》でも見かける、日常的な風景だ。とても、呪いによって歪んでいるようには見えない。

だが、榊は呪いが日常に潜んでいることも知っていた。ちょっとしたことが認知を歪め、呪いを発生させるということも実感していた。

「合流地点の呪いを解けば、これ以上呪いが拡がるのを防げる。あとは、既に拡がっている呪いを解いていけばいいだけだ」

「なるほど……！」

それが本当ならば、榊達のように呪いに苛《さいな》まれる者を減らすことが出来る。榊は、誰かが自分のように怖い想いをするのも、呪いに関わった人々が悲しむことも避けたかった。

「榊、案内してくれないか」

「勿論！　っていうか、弊社としては、土下座《どげざ》してでもどうにかして欲しいですし！」

「土下座はいらない」

淡々と断る九重の眼差《まなざ》しはいささか投げやりで、心底不要そうであった。

「それはそうと、ふと気になったんですけど」

「なんだ？」

「九重さんって呪いを解くのを生業《なりわい》にしているけど、呪いが拡がるのを事前に防ぎたがるんですね。九重さんは実力がある人みたいですし、言い方は悪いですけど、呪いが拡がっていた方が儲《もう》かるのでは……」

それを聞いた九重は、やや不機嫌そうに鼻を鳴らした。

「見くびらないで欲しい」

「あっ、いえ、たとえ話ですってば。九重さんがそういう人には見えないですし。でも、商売的にいいのかなって」

「呪いで怖い想いをしたり、呪いが原因で遺された者を悲しませたりしたくないだけだ」

九重はきっぱりとそう言って、席を立つ。

そんな彼の大きな背中を見つめ、榊は自然と顔がほころぶ。

「確かに、そうですね！」

九重は、榊にない異能を持っているが、抱いている気持ちは同じなのだ。それを認識した榊は、置いていかれないようにと九重の後を追ったのであった。

二人が向かった場所からは、運河が見えた。

東京湾と繋がっているため、潮風が漂ってくる。時おり、小型の船も通り、穏やかな水面《みなも》にさざ波を立てていた。

マンションに着く頃には、空はすっかり曇っていた。

昼間だというのに暗く、陰鬱《いんうつ》な気持ちになる。海が近いせいで、磯臭い湿気が身体中にまとわりついていて不快だった。

「ここ、なんですけど……」

榊は九重とともに、四〇二号室の前までやってきた。

マンションは数年前に建ったのだが、外に面した廊下はやけに薄汚れていて、古びているように見えた。

「潮風のせいで、劣化が早いんですかね」

「そういう一面もあるだろうが、呪いはケガレを集めるからな」

九重は、ねめつけるような目つきで辺りを見回す。

「ケガレって、なんですか？」

「平たく言うと、負のエネルギーだ。君の家の周りにいた連中も、その一種だ」

榊の家の周りにいた連中とは、窓を叩《たた》いたり壁の向こうで話していたりした者のことだろう。

自らに降りかかった怪現象を思い出し、榊はぶるりと身体を震わせる。

「幽霊みたいなものでしょうか……」

「そう思ってもらっても間違いではない」

九重はそう言うと、虚空《こくう》に視線を彷徨わせてから、四〇二号室の扉を見やった。

「やはり、この先に呪いの流れがあるようだな」

「ひぃ、ビンゴ……」

鍵穴に鍵を突っ込みつつ、榊は震える。

「また……、あの板切れがあったりするんでしょうかね」

「……そうかもしれないな」

怪現象が起こる場所には、必ずあの板切れがある。人型をした、呪いを増幅させる呪具《じゆぐ》が。

「あれは一体、何のために置かれていたんでしょう？」

「それを調査しているところだ」

九重はそう返すものの、おおよその予想はついているようだった。

だが、確信には至っていないがゆえに、慎重になっている。そんなふうにも見えた。

（九重さんは、慎重派なんだろうな）

見た目も少し神経質そうだし、と榊は納得しながら鍵を開ける。

その時だった。わずかに開いた扉の中から、ぬっと腕が伸びてきたのは。

「へ？」

抵抗する間もなく、物凄《ものすご》い力で引き込まれる。

「榊！」

「九重さんっ！」

九重が手を伸ばすものの間に合わず、榊は虚空を摑み返しただけだった。

榊は吸い込まれるように四〇二号室に転がり込み、狭い玄関に身体を打ち付ける。扉はバタァンと勢いよく閉まり、外界から隔絶《かくぜつ》されてしまった。

「いたた……」

よろよろと起き上がると、つんとした磯の臭《にお》いがした。生き物も死体も煮詰めたような、懐かしくも不快な臭いであった。

室内は暗い。

榊は無意識のうちに、手探りでスイッチを探していた。壁伝いに探った先で見つけるものの、スイッチを入れても照明はつかない。

「ヒューズが落ちて……、いや、空き室だし、電気がそもそも通っていないのか」

当然のように予想は出来たはずだ。相当、動揺しているのだろう。

何とかドアノブを見つけて扉を開こうとするが、何故か、びくともしなかった。

「えっ？」

ガチャガチャとノブを捻《ひね》るが、手ごたえがない。押しても引いても、扉は閉ざされたままだった。

「九重さん！」

榊は鉄の扉を思いっ切り叩く。しかし、扉の向こうから反応がない。

おかしい。

そもそも、こんな異常事態が起きたなら、九重自ら、扉を開けたり叩いたりして榊に呼びかけるだろう。

「もしかして、異界……？」

視界が少しずつ開ける。目が闇《やみ》に慣れてきたからだ。

入居者がいないというのに、カーテンがきっちりと閉められていた。前の住民の残置物だろうか。

カーテンの隙間《すきま》から、わずかに外界の光が漏れている。

その光を、床がぼんやりと反射していた。フローリングの廊下の床が、濡《ぬ》れているのだ。

（磯臭さの正体は、あれか？）

海水と思しき水は、廊下に点々と続いていた。奥にある、洋室に向かって。

「お邪魔します……」

入居者は誰もいないはずだが、つい、断りを入れてしまう。奥から、何かの気配を感じたからだ。

一体、何がいるのだろうか。

廃屋《はいおく》に浮浪者が住んでいるという話を聞いたことがあるが、ここは管理されたマンションの空き室だ。だが、前の入居者が合鍵を作っていて、退去後も出入りしているという可能性もゼロではなかった。

足音を忍ばせながら、奥の洋室まで進む。六畳ほどの部屋で、カーテン以外の残置物は見つからない。

そして、海水のようなものが点々と落ちているだけで、何者の姿もなかった。

「なんだ……。悪戯《いたずら》かな。誰かが海水が垂れるようなものを持ち込んだとか……」

榊は胸をなでおろす。

そんな榊の背後で、ひた、という濡れたような音がした。

その音に、榊は冷静になる。そもそも、自分をこの部屋に引き込んだ何者かがいるはずだ。それは、何処へ行ってしまったのか。

廊下の途中に、バスやトイレのドアがあった気がする。

そう思いながら、榊は恐る恐る振り返った。

その先にあったものに、榊は声にならない悲鳴をあげる。

「――っ！」

そこにいたのは、人ではなかった。

おおよそのシルエットは人の形で、成人男性ほどの大きさだ。しかし、ぬらりと濡れた肌と、頭の側面についたぎょろりとした眼球が、人とは異なる存在であることを物語っていた。

濡れた肌をよく見ると、細かい鱗《うろこ》がびっしりと付いている。異様に長い指の間には、ぶよぶよとした膜《まく》が付いていた。そのせいで、手足というよりは鰭《ひれ》のように見えた。

まるで、魚だ。

魚を無理矢理、人間のような形にしようとこねくりまわした悪趣味な代物《しろもの》のように思えた。

その異形は、目をぎょろぎょろさせながら、ひた、ひた、と榊に歩み寄る。

榊は異形から逃《のが》れようと後退するものの、足が震えているせいで、よろけてしまった。バランスを崩《くず》した榊は、派手な音を立てて尻餅《しりもち》をつく。

だが、異形は無言で見下ろしながら、ゆっくりと近づいてくる。

「ひぃ……！　く、来るな……！」

異形の手が、身動きの取れない榊に向かって伸ばされる。吐く息はつんと磯臭く、臭気は異形のものによるとわかった。

自分はどうなってしまうのか。

異形の目からは、感情が全く読み取れない。自分とは明らかに異なる次元の生き物に見えた。

肉食獣に食べられるとか、爪で切り裂かれるとか、そういった単純な暴力に対する恐怖とはまた違った、得体の知れなさが榊を満たしていた。

異形の鰓《えら》が生々しく動く。開かれた口からは、ごぼっと海水が溢《あふ》れた。

「あ……あー……」

ぽかんと開けられた口から、声のようなものが漏れる。

「うるさうるさいぃぃぃ……なんじだとおもっておもおもってるのおおぉ……」

異形は無表情のまま、鰓を震わせて濁った声を吐き出した。

「なっ、どういう……」

「どういうどうどうどう……くるなくるなくるな」

この異形は、こちらが言っていることを繰り返しているだけだと悟る。先ほどの声も、近隣住民から壁や床越しに投げられた声なのだろう。

「おじゃま、じゃまじゃまじゃま……いたいたいたずら、いたずら……」

ずいっと異形の顔が迫る。吐いた息は生臭く、海の中に放り込まれたように息苦しくなった。

「助けて――」

濡れた指先が、榊の額《ひたい》に触れようとする。

だが、その指先は、ぴたりと止められた。

「なっ……」

異形の胸から、手が生《は》えていたのだ。黒い革手袋をした、見覚えのある男の手が。

「――急急如律令《きゅうきゅうにょりつりょう》。我が呪いにより、解《ほど》けよ」

九重の澄《す》んだ声とともに、異形の身体が風船のように膨《ふく》らんだかと思うと、一瞬にして弾《はじ》け飛んだ。榊は海水を浴び、磯の臭いが辺りに撒《ま》き散らされる。

その瞬間、一気に視界が明るくなった。

窓から陽光が射し込み、がらんとした室内をくまなく照らしている。カーテンレールには、何もかかっていなかった。

「えっ、どういう……こと……ですか？」

飛び散ったはずの海水も見当たらない。

榊の目の前には、人型の板切れを鷲掴《わしづか》みにしている九重の姿があった。そして足元には、魚が横たわっている。

やけに太った魚で、顎《あご》が外《はず》れんばかりに口を大きくあけながら、喘《あえ》ぐように鰓を動かしていた。

だが、みるみるうちにその動きが緩慢《かんまん》になり、やがて、ピクリとも動かなくなった。

「そいつが、この呪具を呑み込んでいた。そのせいで、異界の存在になって歪みを発生させていたんだろうな」

「さっき僕がいたのは、異界ってことですか……？」

「恐らく。君が潜《もぐ》り込んでからすぐに境界を渡ったら、この呪具の気配を強く感じた。そこで、急いで呪具を破壊したということだ」

九重の手の中で、呪具は風化したように粉々になる。欠片《かけら》がぱらぱらと、死んだ魚の上に落ちた。

「すぐに……？　僕には、数分に感じたんですが……」

「異界では、時間の進み方が違うようだな」

九重は、最良の対処をしてくれていた。

だが、その間、榊が異形に害される危険はいくらでもあった。専門家の九重がいても、油断は出来ないということか。

それよりも、聞き逃せないことを九重が口にしたのに気づいた。

「いや、待ってください。僕が潜り込んだって……」

「君はこの部屋の鍵を開け、俺が止めるのを待たずに自ら突入したんだ」

「僕が、自分で入った……？」

いいや、違う。腕が伸びてきて、引きずり込まれたはずだ。

だが、榊は思い出そうとすればするほど、その記憶が曖昧であることに気づいた。その腕はどんな腕だったのかわからないし、部屋の中に導かれるような感覚だったような気もする。

「……呪いは、人の認知を歪ませる。特にこの場所は、大きな歪みを発生させていたようだな」

榊の動揺を察した九重は、窓を全開にした。

ふわっと入り込んだ潮風が、室内の磯臭さを拭《ぬぐ》い去っていく。曇っていた空もだいぶ晴れていて、陽光が眩《まぶ》しかった。

榊は思わず、九重のコートにすがりついた。何かを拠《よ》り所《どころ》にしていなければ、自分が壊れてしまいそうだった。

九重はそれを拒《こば》むことなく、黙って榊のそばにいた。

床に転がっていた魚の死体は、いつの間にか、干《ひ》からびて骨だけになっていたのであった。

日が傾きかけた頃、ようやく榊は落ち着きを取り戻した。

九重は魚の死体を埋葬し、榊は九重に頼まれた調べ物をこなす。

「九重さん、やっぱり、綿津岬から引っ越してきた人が、このマンションにいたようです」

会社に確認をしたところ、綿津岬三丁目に住んでいたという人物が、四〇二号室に住んでいたのだという。だが、その人物は数カ月前に、転勤で引っ越してしまったそうだ。

異音が聞こえるという苦情は、その後に発生したとのことだった。

「あの部屋は、綿津岬と縁《えん》が繋がっていたということか」

「そうみたいですね。入居したのは二年前で、あの街の崩壊後ではなかったみたいですけど」

あの街はなんだか気味が悪い、と入居者はぼやいていたという。綿津岬を取り巻く異様な環境に勘付《かんづ》いていたのかもしれない。

「綿津岬に、君達の会社が管理していた物件は？」

「いくつかありました。僕はその頃はまだ入社していなかったんですけど、上司から対応に追われて大変だったって聞いてます」

「ならば、そこにあった可能性が高いな」

九重は、自らの手のひらを見つめる。先ほど、呪具を摑んでいた方の手だ。

「あの人型の呪具、ですか？」

「ああ。物件もろとも運河に沈み、それを魚が食らった可能性がある」

榊の目の前で横たわっていた魚は、確かに大きかった。おおよその形状はブラックバスと酷似《こくじ》していたものの、あまりにも身にしまりがなかったが。

「呪具を食べたから、魚とも人間とも言い難い異形になったたっていう……」

「異界に干渉出来る力を得て、歪んだ存在になったということだな。そうなると、概念的な流れを認識して、それを辿《たど》るようになる」

「それが、綿津岬と繫がっていた人の縁……ですかね」

「ああ。その魚も恐らく、綿津岬の周辺をねぐらにしていたのだろう。だから、綿津岬の縁を辿るきっかけになったんだ」

縁を辿った異界の存在は、縁が残っている場所へと住み着いた。その存在が周囲の認知を歪ませて、異音のトラブルへと繫がっていたのだ。

「それじゃあ、異音の件は解決したってことですかね……」

「ああ、恐らくな。万が一、まだ何かあるようならば教えてくれ。それは、追加報《ほう》酬《しゅう》なしで処理する」

「アフターケアがちゃんとしている……。超優良業者じゃないですか……」

「欲しいのは、報酬よりも信頼だからな」

九重はさらりとそう言って、マンションを見上げた。

「それにしても、同じタイプの呪具が三つめ――か」

「どうしてうちの物件にあんなものが……」

「……さあな。だが、何らかの意図を感じる。場所に法則性があるかもしれないな」

池袋《いけぶくろ》、上野、そして、豊洲の隣町であった綿津岬。

榊は脳内で広げた地図にマーキングをするが、法則性は明らかにならなかった。

「呪具を置いた意図はわからないんですけど、なんだか、呪具が願いを叶《かな》えようとしているように思えるんですよね」

「願いを？」

九重は眉間に皺《しわ》を寄せ、怪訝《けげん》な顔をしてみせる。榊はその様子に怯《おび》えつつも、しどろもどろになりながら話した。

「素人の考えることなんで受け流して欲しいんですけど、僕の家にあったやつは、あの家に留《とど》まりたいと思っていた僕の認知を歪めて、惨状《さんじょう》から目を背《そむ》けさせてあの家にいられるようにしてくれていたし、上野の貸店舗にあったやつは、生活が困窮する家族に保険金が行くようにしつつも、亡くなった店長が異界で店を続けられるようにしていたし……。すごく歪んだやり方なんですけど、何らかの形で、呪具がある物件の借主の願いを叶えようとしているような気がして」

「……そういう考え方もあるか。このマンションでは借主がいないから、あのような形になったが……」

とはいえ、呪具を呑んだ魚は、魚の身でありながらも陸上で生活が出来るようになっていた。

魚がそれを望んだかはわからないが、そのお陰で、陸上に繋がった縁を辿れていた。

「それについては、まだ検証が必要だな。だが、今回の一件で、綿津岬との接点が得られたのは大きい。綿津岬というよりは、綿津岬に出現した巨大な異界の存在との接点といった方が相応《ふさわ》しいかもしれないが」

「魚が呪具を食べたというのも、そもそもは、巨大な異界の存在が綿津岬を沈ませたのがきっかけですしね……」

榊は、ほんのりと土が盛られた花壇を見やる。

マンションの敷地内にある装飾の一部を借りて埋葬《まいそう》してしまったが、そのまま可燃物ゴミとして処理するのは、あまりにも忍びなかったのだ。

「まだ、推測の域を出ないが」

「はい？」

「マヨイガの物件に予め呪具が設置されて、何らかの儀式の準備を整えていたのかもしれない。そこに、綿津岬の呪いが流れ込んで、呪具の効果が強くなった可能性もある」

九重の分析に、榊は息を呑む。

背中から、どっと汗が噴き出すのがわかった。

「儀式って……なんの……」

「そこまでは、わからない」

「やっぱり、弊社が管理している物件に、まだまだあの呪具が……」

「あるかもしれないな」

九重はあっさりと肯定する。榊は、意識を手放しそうになった。

「榊」

「ひゃい……」

名前を呼ばれた榊は、力のない返事をする。

「他にも怪異が報告された時は、躊躇《ためら》わずに俺を呼んで欲しい。これは、君達のような素人にどうにか出来るものではないからな」

「そりゃあもう、迷わず全力で呼びますって……」

呪いは恐ろしい。

今回の一件で、それが身に染《し》みていた。まさか、件の部屋に引き込まれたのではなく、自ら進んで入っていったなんて。

一歩間違えば、どうなっていたかわからない。二度と、戻って来れなかったかもしれなかった。

榊はぶるりと震え、再び九重のコートをしっかりと摑む。九重は髪を海風に躍《おど》らせつつ、榊が落ち着くまで、黙ってその場に佇《たたず》んでいたのであった。

第四話

餓鬼《がき》の住処《すみか》

港区女子、という言葉がある。

それは、港区に住んでいて身なりが美しく、セレブのような暮らしをしている女性達だと、里見夢乃《さとみゆめの》は聞いた。

夢乃はそんな生活に憧れていた。

だが、彼女の収入では、港区の高級住宅街に住まうことはままならなかった。

港区女子になるには、東京都港区の何処《どこ》かに住むしかない。しかし、六本木《ろっぽんぎ》や麻布十番《あざぶじゅうばん》などは高嶺《たかね》の花だった。

そんな夢乃であったが、シェアハウスがあることをネットで知った。

場所は、品川《しながわ》駅の近くにあるタワーマンションだ。

十三階の一室を、四人でシェアするのだという。

個室は埋まっていて、空《あ》いているのはドミトリーのみであったが、夢乃は意気揚々と入居を決めた。

なにせ、憧れの港区生活だ。しかも、セレブで勝ち組の象徴と言われるタワーマンションに住めるなんて。

自分の華やかな港区生活はここから始まるのだと、夢乃は期待に胸を膨《ふく》らませて港区デビューをしたのであった。

輝くレインボーブリッジで彩られた夜景を背に、三十階を超える高層マンションがそびえ立っている。そのてっぺんは、空を仰ぎ見るようにしなくては窺《うかが》うことは出来ない。

オートロックの扉をキーカードで開けてエントランスへと足を踏み入れれば、高級ホテルのようにシャンデリアを下げたロビーとフロントが夢乃を迎える。

「お帰りなさいませ」と一礼する初老のコンシェルジュは、執事のような佇《たたず》まいだ。穏やかな館内BGMに包まれながら、大理石の床に足音を響かせてエレベーターホールへと向かう。

エレベーターホールには何基ものエレベーターが並んでおり、高層階行きと低層階行きで分かれている。

夢乃が向かうのは、低層階行きだ。十三階というとかなりの高層だと思った夢乃であったが、タワーマンションでは低層らしい。

高層階行きのエレベーター前では、安く量産されたようなデザインの服を着た、平凡な姿の女性が幼子《おさなご》を連れてエレベーターを待っている。とてもではないが、港区のタワーマンションに住んでいるとは思えないと夢乃は心の中でせせら笑う。

きっと、夫の稼ぎが良いのだろう。

せいぜい養ってもらうことね、と思っていると、今度は、くたびれたジーンズを穿《は》いた冴《さ》えない男性がエレベーターホールに入ってきた。

なんとなく、同じエレベーターになるのは嫌だなと感じた夢乃であったが、男性は子連れの女性の後ろに並んだ。

夢乃が目を丸くしていると、目の前のエレベーターの扉が開いた。

結局、低層階行きのエレベーターに乗ったのは、夢乃だけであった。

「あんな格好でこの周辺をうろつくなんて、信じられない。うちのマンションの品位を落としちゃうじゃない」

エレベーターの扉が閉じるか閉じないかというのに、夢乃の本音が口をついて出てしまった。

世の中には、TPOというものがある。会社で営業職をしている夢乃は、特にそれを意識していた。

営業をする時は、誠実さを演出して信頼を獲得するために、清潔感があるスーツ姿が望ましい。そして、セレブの街である港区に住むなら、街の品位を落とさないようにブランド品を身にまとわなくてはいけない。

「だから、私は努力しているのに」

昼は会社で働き、夜は合コンで知り合った男性とディナーに出かける。そこでプレゼントされたブランド品を身にまとい、港区に相応《ふさわ》しい女になる。

美容院で髪を整え、ネイルサロンで美しいネイルを施《ほどこ》してもらう。出来る限り自分に投資して、この街の輝きにかき消されないようにしなくてはいけない。そうでなければ、この街では生き残っていけないから。

十三階でエレベーターから降り、自分の住まいへと足早に向かった。床に敷かれた絨毯《じゆうたん》が、ヒールの音をそっと包み込んでくれた。

「ただいま」

部屋の扉を開くと、むわっとアロマの香りが夢乃を包んだ。

「おかえりー」

「早かったじゃん。お風呂沸《わ》いてるけど、入る？」

シェアハウス仲間の、愛莉《あいり》と紀美加《きみか》がラウンジで迎えてくれる。ラウンジといっても、十二畳のリビングダイニングルームのことだが。

彼女らは、個室を使っているメンバーだ。二人ともラフな格好でテレビを見ていたが、家の中はくつろぐ場所だからそれでいい。

「ありがと。入る」と二人に応じながら、夢乃は自分の部屋へと向かった。

夢乃の部屋はドミトリーだ。

六畳ほどの洋室のど真ん中がパーテーションで仕切られており、生活スペースが左右に分かれている。夢乃の生活スペースは、その左側である。

ベッドと小さなクローゼットしかない、簡素な部屋だ。

パーテーションで真っ二つにされた窓からは、港区のキラキラした夜景が窺える。無数の光が瞬《またた》いて見える様子は、まさに宝石のようだ。

窮屈な部屋でも、この夜景が見えれば構わない。

でも、本当にそうだろうか。

もう一人の自分が、そっと囁《ささや》く。

アイリとキミカのように個室ならば、広くてプライバシーもあって、もっと快適なのかもしれない。あの二人のどちらかがいなくなれば、自分は個室を使えるのに。

そこまで考えて、夢乃は頭《かぶり》を振った。港区のタワーマンションに住めるだけで充分じゃないか、と自分に言い聞かせる。

「英美里《えみり》は？」

夢乃は自分の部屋からひょいと顔を出すと、ラウンジの二人に尋ねた。

エミリというのは、ドミトリーの右側を使っている人物だ。

アイリとキミカは、顔を見合わせる。

「さあ」

「また終電ギリギリで帰って来るんじゃない？」

二人は、苦笑しながらそう答えた。エミリは遊び癖が強く、朝帰りをすることも珍しくなかった。

「そっか。まあ、それまで気楽に出来ると思えばいいかな」

「そうそう。ドミトリーって、ストレスが溜《た》まるんでしょ？」

アイリが、さも聞いたかのような口調で同意した。だが、夢乃は首を傾《かし》げてしまう。

「まあ、そうだけど……。私、そんなこと言ったっけ」

すると、アイリが「しまった」と言わんばかりに口を噤《つぐ》む。それを見たキミカは、顔を覆《おお》った。

「もしかして、エミリがそう言ってるの？」

夢乃が詰め寄ると、二人は気まずそうに顔を見合わせる。そして、観念したように頷いた。

「エミリ、夢乃が来る前までは一人であの部屋を使ってたし、窮屈になったって言っててさ……」

ここだけの話、と言わんばかりに、キミカは声を潜《ひそ》める。

「その気持ちはわかるけど、元々ドミトリーだったし……」

「エミリ的には、先に入居者がいるドミトリーに入ろうとする奴《やつ》の気が知れないんだってさ。他人と一緒だと気まずいから避けるだろうって思って、安いドミトリーにしたみたい。ちょっと勝手だよね」

キミカは苦笑する。

「わかる。エミリはシューズクローゼットも使いまくってるじゃん？　この前、私の棚まで使ってたんだよ」

「有り得なくない？」とアイリは夢乃に同意を求める。「まあ、うん……」と夢乃は苦笑《にがわら》いを浮かべながら、曖昧《あいまい》に頷《うなず》いた。

きっと、エミリにも同じように応じていたんだろう。

エミリが、ドミトリーに後入りするのは常識外《はず》れだと愚痴《ぐち》を零《こぼ》した時に、「夢乃は確かに、そういうところがある」とでも言っていたのだろう。

二人とも鍵付きの個室を持っている。ドミトリーで生活するエミリと夢乃の愚痴を聞きながら、優越感に浸《ひた》っていたかもしれない。

そんな考えが、夢乃の脳裏《のうり》を支配した。

（嫌な感じ……）

入浴しても振り払えず、夜景を見つめていても頭をチラついてしまい、夢乃はそれらをさっさと忘れるべく、早めにベッドに潜《もぐ》ったのであった。

その夜、夢乃は妙な夢を見た。男と女の、艶《なま》めかしい物音を聞いているという夢だ。

（違う。これは夢じゃない……）

夢乃の目が覚める。薄いパーテーション越しに、人の気配を感じた。

同室のエミリだけではない。もう一つ、気配がある。

（男を連れ込むなんて、信じられない……！）

当たり前だが、女性同士のシェアハウスでそんなのはご法度《はっと》だ。

だが、ここで乗り込む勇気もない。

相手は二人だ。逆上されたら始末に負えない。

夢乃は、彼らの語らいを振り払わんと、掛け布団を頭から被《かぶ》って眠ることに専念する。怒りに震える指で、スマートフォンのボイスレコーダーをオンにしながら。

翌朝、エミリの姿はなかった。昨夜のことが嘘《うそ》のように、彼女のベッドは整えられたままだった。

だが、ラウンジで朝食をとっているアイリとキミカは剣呑《けんのん》な空気を醸《かも》し出していた。夢乃が姿を現すと同時に、キミカが彼女のことをねめつけた。

「あのさ、聞き耳を立ててたわけじゃないんだけど」

そんな前置きで彼女の口から語られたのは、昨夜の物音のことだった。

夜中に男性のものと思《おぼ》しき足音が聞こえて、聞き覚えがある足音とともに、夢乃の部屋に入って、その直後から、怪しげな物音がしたというのだ。

「私も、それっぽい物音を聞いたんだよね。夢乃ちゃん、もしかして、男を連れ込んだ？」

アイリも胡乱《うろん》な眼差《まなざ》しだ。

夢乃は即座に、「違う！」と反論した。

「連れ込んだのはエミリだってば！　エミリが夜中だけ帰って来たの！」

スマートフォンをラウンジのテーブルに叩《たた》きつけ、録音データを二人に聞いてもらう。すると、二人の顔色はみるみるうちに青ざめた。

「信じられない……」

「いや、マジで有り得ないでしょ……」

二人とも、不潔なものを見る目でスマートフォンを見ていた。正確には、スマートフォンから発せられるエミリの声か。

「ただいまァ」

最悪のタイミングを見計らったかのように玄関の扉が開き、派手な装いのエミリが現れる。

「ごめーん。今日も朝帰りしちゃって」

甘ったるい声とフレグランスが、爽《さわ》やかな朝をかき乱す。弾《はじ》かれるように立ち上がったのは、キミカだった。

「エミリてめぇ！」

摑《つか》みかからんばかりの勢いで詰め寄る。エミリはぎょっとして目を剝《む》いた。

「あれだけ男を連れ込むなって言ったのに、連れ込んだだろ！」

「えっ、何のこと？　私は昨夜、出かけてたんだけど」

「嘘つけ！　夢乃が録音してたんだよ！　昨晩、あの部屋であったことを！」

その瞬間、エミリはすさまじい形相《ぎょうそう》で夢乃を見やった。怨嗟《えんさ》が渦巻く眼差しに怯《ひる》む夢乃であったが、ご立腹のキミカがその間に立ちはだかった。

「テメエ、このヤロウ！　うちはホテルじゃねーんだぞ！」

怒髪天《どはってん》を衝《つ》く勢いのキミカが、エミリに摑みかかる。

「ちょっと、キミカちゃん！」とアイリが慌てて止めようとするが、キミカが拳《こぶし》を振り回すので近づけない。

「夢乃ちゃん、止めるのを手伝って！」

「う、うん」

夢乃はアイリに頷き、キミカを羽交《はが》い絞《じ》めにして何とか場を収めようとする。エミリは既に叩かれていて、左頬《ほお》を真っ赤に腫《は》らしていた。

（いい気味。私が味わった不快感を考えれば、安いくらいだわ）

夢乃はそうは思うものの、流石《さすが》に、これ以上顔を殴《なぐ》られるのは可哀想《かわいそう》だ。これを機に、態度を改めてくれればいいと思いながら、怒りまくっているキミカを引き剝がす。

その時、夢乃は同情を撤回した。

仰向《あおむ》けにされていたエミリは、怨霊《おんりょう》のような目で夢乃を睨《にら》みつけていたからだ。秘密を暴露した夢乃に対して、言いようのない怒りに駆《か》られているようだった。

悪いのは自分の方なのに、逆恨《さかうら》みではないだろうか。

夢乃の心に暗雲が立ち込める。港区の夜景のように輝いていた気持ちは、どんよりとくすんでいったのである。

その日から、エミリは誰とも口を利《き》かなくなった。

アイリはオロオロしていたが、キミカは当然のようにエミリを無視していたし、夢乃もまた、エミリがいないかのように振る舞っていた。

だが、数日後の朝、冷戦を続けていたエミリは、一足遅くラウンジに乗り込んで来てこう言った。

「私のバッグが消えた」と。

「知るか。酔って何処かに置きっ放しにしたんじゃない？」

キミカはエミリの方を見ずに、そう言った。

「しないってば！　昨日、ちゃんとクローゼットにしまったのを覚えてるし」

「でも、部屋は鍵をかけてるよね？」

アイリは首を傾げる。

自然と、彼女らの視線は夢乃に向いた。

「いや、私は知らないし……」

「私のクローゼットを漁《あさ》れるのは、あんたしかいないじゃない！　返してよ！　私のエルメスのバッグ！」

エミリは、物凄《ものすご》い剣幕で夢乃の肩を引っ掴む。手入れをした爪が食い込んで痛かった。

「知らないってば！　そんなに疑うなら、私の持ち物を見てみればいいじゃない！」

夢乃はエミリを振り払い、自分の居住スペースへと促《うなが》す。

エミリは夢乃のクローゼットを勢いよく開けて中を漁り、虫のように這《は》いつくばってベッドの下までくまなく探したが、エルメスのバッグは見つからなかった。

「質屋に売ったのかも……」

「そんなことしないし。そもそも、エミリがバッグをしまったのは昨晩でしょ？　その時は私も部屋にいたし、それ以降は家から出てないもの」

ね、と夢乃はキミカとアイリに同意を求める。彼女らは、「私達が知ってる範囲では」と頷いた。

「じゃあ、誰が盗んだっていうのよ」

「勘違《かんちが》いじゃない？」

夢乃がそう言うと、「違うわ！」とエミリは声を張り上げた。

「まあまあ。そのうち出てくるかもしれないし」

今にも飛びかからんばかりのエミリを、アイリが落ち着かせようとする。

「もし、気になるんだったら、クローゼットに鍵でもかけちゃえば？　それが難しいなら、鍵をかけられる箱に入れればいいんじゃない？　大きな箱に入れれば、持ち出され難《にく》いだろうし」

「……そうね。あんた達も、この部屋から変な物音がしたら報告してよね」

エミリに言われ、アイリは「うん、わかった」と苦笑いをする。変な物音をさせたのはむしろ、男を連れ込んだエミリではないかと、エミリ以外の全員が思っていたに違いない。

だが、事件はそれでは終わらなかった。

なんと、アイリやキミカの私物も、姿を消すようになったのだ。

「私のフェンディのワンピース、誰か借りた？」とアイリが困ったように尋ねたこともあった。

「シャネルのコスメ、ファンデーションを持って行った人いる？」とキミカが不機嫌そうに訊《き》いたこともあった。

誰かの私物が消える度《たび》に、入居者全員でお互いの部屋の家探《やさが》しをするようになった。アイリやキミカは個室に鍵をかけているので、誰かが侵入する可能性はないのに。

どんなに探しても、なくなった物は出てこなかった。

そうしているうちに、シェアハウスの空気は徐々に悪くなり、お互いがお互いを監視するようになっていた。

しかし、そんな状況下で、何故《なぜ》か夢乃だけ被害に遭《あ》わなかったのだ。

「なんで、私だけ物がなくならないんだろう」

新しく出会った男性とのディナーの帰り、夢乃はレインボーブリッジをぼんやりと眺めながら歩いていた。

他の三人の物があまりにもなくなるので、夢乃も、物が消えたと嘘を吐《つ》いたことがある。そうでなければ、自分が疑われると思ったのだ。

でも、他のみんなも夢乃と同じことを思ったのかもしれない。

エミリのエルメスのバッグがシェアハウス内でなくなったのを気まずく思い、自分も同じ目に遭ったから容疑者ではないと主張するつもりなのかもしれない。

特に、アイリは他人に話を合わせたがり、空気を読むのが上手《うま》い。

きっと、仲間外れになるのが嫌なのだろう。だから、その場に応じて上手く立ちまわろうとしているのだ。

少し要領が悪い夢乃は、それが羨《うらや》ましくもあり、妬《ねた》ましくもあり、日頃からズルいと思っていた。ちょっとだけ痛い目に遭えばいいと、思ったこともあった。

一方、キミカは頭に血が上りやすいところがある。

普段は取り繕《つくろ》っているけれど、粗暴なところがあるのは、エミリに摑みかかった件でよくわかった。

きっと、それを本人も自覚をしているのだろう。だからこそ、自分が疑われているのかもしれないと思って、名指しされる前に先手を打って、被害者になろうとしたのかもしれない。

言いたいことをハッキリと言えない夢乃は、キミカが少し怖かった。彼女に詰め寄られたら、きっと何も出来ないまま殴られるに違いない。

何とかして、彼女よりも優位に立ちたいと思っていた。

「こんなはずじゃ、なかったのにな……」

わざとらしく輝く夜の街の光を浴びながら、我が家があるタワーマンションがそびえ立っていた。

誇らしく感じていたその姿も、今や、空虚な城のように思えた。

重い足を引きずり、エントランスに入ろうとする。

だが、その時、夢乃は違和感に囚《とら》われた。隅《すみ》から隅まで煌《きら》めく視界の端に、闇《やみ》がわだかまっていたからだ。

ギョッとしてそちらを見てみると、そこには、若い男が佇んでいた。

自身の存在を打ち消さんばかりの黒衣をまとっているが、目鼻立ちは凛々《りり》しく整っていて美しく、夢乃の頭からは、先ほどディナーを奢《おご》ってくれた男性の存在が消し飛んでしまった。

文句の付け所がない美男子だが、その眼差しは物憂《ものう》げで、煌びやかな街に反して、どこか枯れているようにも見えた。

男は、タワーマンションを見つめていた。誰かと待ち合わせでもしているのだろうか。

そのまま立ち去るのも惜しい気持ちになる夢乃であったが、その時、男が夢乃の方に視線を向けたではないか。

驚いて飛び上がりそうになる。

周りには、夢乃以外の人間はいない。彼は間違いなく、夢乃を見ていた。

「君」

男は囁くような声で、夢乃を呼び止める。彼の声は渓流《けいりゅう》のせせらぎのようで、夢乃はもっと聞いていたいと思った。

「なんでしょう?」

夢乃は出来るだけ冷静に、営業スマイルを張り付けて応じる。

もしかしたら、この男は自分に興味を持ってくれたのだろうか。マンションの上階には芸能人が住んでいるという噂《うわさ》だし、芸能関係者かもしれない。

浮かれる夢乃の気持ちに反して、男は不吉な言葉を投じた。

「異物には、気をつけろ」

「えっ?」

どういうこと、と尋ねようとするものの、男はそう警告しただけで踵《きびす》を返してしまう。まるで、夢乃自身には興味がないと言わんばかりに。

「ちょっと……」

男の背中は徐々に小さくなる。

だが、夢乃は何故か、彼を追いかけることは出来なかったのであった。

夢乃は首を傾げながらエントランスに入り、エレベーターホールへと向かう。

フロントではコンシェルジュが「お帰りなさいませ」と執事さながらに挨拶をしてくれたのだが、夢乃の耳には入っていなかった。

「異物って何よ。物がなくなることはあっても、変な物が置かれているなんてないし」

夢乃は乱暴に階数パネルを押し、十三階へと向かう。エレベーターが到着すると、大股《おおまた》でカゴを後にした。

しんと静まり返った廊下に、絨毯を踏みしめる音だけが響く。

自宅の前までやって来た夢乃は、バッグの中に入れた鍵をむんずと摑み、鍵穴にねじ込んだ。

「ただいま」

不機嫌さを包み隠そうともせず、夢乃はずかずかと玄関に入る。

だが、声は返って来なかった。闇がわだかまる室内が、彼女を迎えただけだった。

「なんだ。みんな出かけてるのか」

珍しいことではない。

シェアハウスのLINE《ライン》グループにメッセージが入っているかもしれないと思いつつ、バッグからスマートフォンを取り出そうとした、その時だった。

奥の部屋から、物音が聞こえた。

「……誰かいるの？」

夢乃とエミリが使っている部屋からである。

また、エミリが男を連れ込んでいるのかと思ったが、そうではないらしい。何かを物色する音のように思えた。

「まさか……」

夢乃の中に、どす黒い感情が湧《わ》き出した。エミリが、夢乃のクローゼットを漁っているのかもしれないという可能性が過《よぎ》った。

バッグがなくなった時、エミリは明らかに夢乃を疑っていた。だから、その仕返しをするために、夢乃のクローゼットから何かを盗《と》ろうとしているのかもしれない。

腹の底が、ムカムカし始めた。なんとしてでも、証拠を摑んでやろうと思った。

夢乃はスマートフォンの録画機能を作動させ、足音を忍ばせながら奥の部屋へと近づく。

そっとドアノブを捻《ひね》ろうとしたが、鍵がかかっていた。

心中で舌打ちをしつつも、夢乃はそろりそろりと鍵を差し込んで回す。幸い、何かを物色する音の方が大きくて、鍵を開ける音は打ち消された。

そっと扉を開け、隙間《すきま》から中の様子を覗き込む。だが、意外なことに、物色されているのは夢乃のスペースではなく、エミリのスペースだった。エミリのクローゼットが開けられ、衣類が床に散らばっていたのだ。

（なんだ。エミリが何かを探しているだけか）

ほっと胸をなでおろすが、違和感があった。何故、彼女は明かりもつけずに探し物をしているのかと。

そして、扉の向こうにいるのは、本当にエミリなのかと。

——異物には、気をつけろ。

謎《なぞ》の男の言葉が頭を過る。

夢乃は恐る恐る、誰がエミリのスペースを物色しているのか確認しようとする。

床に散らばる衣類の向こうに、クローゼットがある。そのクローゼットの中に、頭を突っ込んでいる者がいた。

（エミリじゃない……！）

同居人ではないどころか、それは奇妙な人影だった。くびれがほとんどない、ぬるりとした輪郭《りんかく》で、棒のような手足がついている。身体はやけに平べったく、服はいっさい身につけていなかった。

「ひっ」

夢乃は思わず、引きつった悲鳴をあげてしまう。

すると、異形《いぎょう》の人影は軋《きし》んだ音を立てながら、夢乃の方を振り返った。

窓から差し込む大都会の明かりが、異形の人影をぼんやりと照らし出す。

人影の頭部には、顔がなかった。その代わりに、うっすらと木目のようなものが見えた。

よく見れば、その木目のようなものは全身に描かれている。平たい身体といい、板切れで作られた人形のようだった。

「ひぃぃぃっ！」

夢乃が悲鳴をあげると、異形はやけに滑《なめ》らかな動作で、するりとその場から離れた。

半開きになっていた窓の隙間に平たい身体を滑《すべ》り込ませ、あっという間に部屋から出て行ってしまった。

夢乃は弾かれたように、窓へと駆けつけて外を見やる。

だが、異形の姿は影も形もなくなっていた。部屋には、エミリの高級ブランドの衣類が散らばっているだけだった。

夢乃はしばらくの間、茫然《ぼうぜん》と立ち尽くしていた。

ようやく我に返った時にスマートフォンを確認したが、録画していた映像は、何故か始終真っ暗で、夢乃の悲鳴だけが入っていたのであった。


不動産会社マヨイガに勤める榊《さかき》のスマートフォンに連絡が入ったのは、ちょうどその頃だった。

珍しく、九重《ここのえ》からだ。彼は、港区にあるタワーマンションの部屋を、マヨイガが管理しているかどうか尋ねてきた。

「ああ、うちも十三階の一室を管理してますね。オーナーさんの意向で、シェアハウスとして貸し出しているみたいで」

『そうか。すまなかった』

スマートフォン越しの九重は、それだけ言って切ろうとしたので、榊は慌てて彼を止めた。

「いやいや、待ってください。何か問題でもあったんですか?」

『恐らく』

「それじゃあ、僕も行きますよ。うちの物件なんだし」

『だが、呪術屋《じゅじゅつや》が目をつけたというだけで、君は動けるのか?』

「えっ、どうだろう……」

よっぽどのことがない限り、榊が現地に直接行くことはない。今までは、よっぽどのことがあったから、九重と行動をともに出来たのだ。

その時、近くの席で仕事をしていた同僚が、問い合わせの電話を取る。電話口の相手はひどく興奮しているようで、同僚は必死になってなだめていた。そして、電話口の相手とようやく会話が成立したと思しきタイミングで、同僚は榊の方を見やる。

「おい、心霊課!」

「何それ!」

「お前の所属部署だよ。ここのところ、心霊現象が発生している事故物件ばっかり担当してるだろ? だから、これもお前の領分じゃないかと思って」

榊の部署を勝手に設定した同僚は、保留にしている電話を指さす。榊は、九重に待ってもらいつつ同僚に尋ねる。

「どういう話？」

「港区のタワマンのシェアハウスで、木の人形みたいなおばけが出たんだとさ」

同僚が教えてくれたマンション名は、九重が調査をしたがっていたマンション名と一致した。

榊は、隣席にいる上司の柏崎《かしわざき》を見やる。やり取りを横で聞いていた柏崎は、状況を察したように頷いた。

「専門家と今から行くって伝えておいて！」

榊は同僚にそう伝えると、九重に合流を促したのであった。

榊が件のタワーマンションまで赴《おもむ》くと、黒ずくめの九重が夜に溶け込むようにして待っていた。

柏崎がマンションの管理室に話を通していたお陰で、コンシェルジュがオートロックを解除して迎えてくれた。

現場は、十三階の一室だ。

やたらと多いエレベーターに戸惑《とまど》いつつ、榊は九重とともに現場へと急ぐ。

「すごいマンションですね……。タワマンの中に入ったの、初めてかも……」

「そうだな」

九重は、コートのポケットに手を突っ込み、考え込むように応じた。

「九重さんも、タワマンは初めてなんですか？」

「いや、すごいマンションというところに同意をしたんだ。ここからもまた、呪具《じゅぐ》の気配がするからな」

「ああ、霊的な意味ですごいっていうやつ……」

高級感というのは、九重の眼中にないらしい。タワーマンションに足を踏み入れたという興奮を共有出来ない寂しさを感じつつ、榊は十三階の廊下を急いだ。

すると、現場となった部屋の前で、若い女性が佇《たたず》んでいた。

いわゆる、港区女子というのだろう。高いヒールの靴を履《は》いて、メイクをばっちりと決めて、お高そうなワンピースをまとっている。手にはシャネルのバッグを携《たずさ》えていて、榊が思い描くタワーマンションの住民像そのものであったが、そんな彼女は、紅を差した唇を震わせて、榊達を待っていた。

「あの、里見夢乃さんですか？」

名前を呼ばれた女性は、ハッと顔を上げる。そして、九重の姿を見てギョッとした。

「あなた、さっきの！」

「えっ、知り合い？」

榊は、九重と夢乃を交互に見やる。だが、事情を話す間もなく、夢乃は九重に摑みかかった。

「あなたのせいよ！　あなたが変なことを言うから、変な物が私の家に来たじゃない！」

「俺はただ、君から呪いの気配を感じただけだ」

九重は大きな手で、やんわりと夢乃の手を引き剝がす。

「呪い？　何を言ってるの？　あの、木みたいなペラペラの人間と、何か関係があるの？」

夢乃の言葉に、榊と九重は顔を見合わせる。今まで、怪現象があった部屋に置いてあった、呪具である人型の板切れのことだろうか。

「木みたいな人間って、これくらいの？」

榊は、手の中に収まるくらいの大きさを示す。だが、夢乃は首を横に振った。

「違うわ！　人間の大きさよ！　丁度《ちょうど》、あなたくらいの！」

「ひえっ」

ネイルを施された夢乃に指を差され、榊は悲鳴をあげた。そんな中、九重がドアハンドルに手をかける。

「入るぞ」

「え、ちょっと」

夢乃が戸惑うそぶりを見せるが、九重は構わずに押し入った。榊もまた、「すいません。お邪魔します」と頭を下げつつ、九重の後に続く。

部屋に入った瞬間、つんとした黴臭《かびくさ》さが鼻を衝《つ》いた。空気は淀《よど》み、息苦しい。

呪われていた榊の部屋よりも、ずっと強い不快感に見舞われる。よく、こんなところで生活が出来るな、と榊は感心してしまった。

「感じるか」

九重に問われ、榊は頷いた。

「ええ。なんか、めちゃくちゃ重苦しい感じです。こんなところにも、人って住めるんですね」

「自覚をしていないか、慣れてしまったかの、どちらかだろうな」

室内には誰もいない。女性四人の生活感に囲まれて気まずい想いを抱きつつ、榊は遠慮なく進む九重に続いた。

「例の異物がいたのは、ここか？」

榊は、奥の部屋の扉を開ける。そこはドミトリーになっているようで、パーテーションが部屋を二つに分けていた。

あとからやって来た夢乃は、九重の指摘に驚愕《きょうがく》した。

「どうして、わかったの？　何処の部屋とは言ってないのに……」

「気配がした」

「……気配だけでそこまで自信満々になれるわけ？　あなた、霊能力者っていうやつ？」

「いや――」

呪術屋だと訂正するのだろうかと榊は思ったが、九重は天井《てんじょう》に視線をやっただけだ。

「まだ、いるしな」

パーテーションと天井には、十センチほどの隙間があった。

その隙間に、じっとりと潜んでいたのだ。木で作られたような、人型の異形が。

「ひっ！　窓から出て行ったんじゃなかったの⁉」

立ちすくむ夢乃に構わず、九重は部屋に踏み込む。

「窓の外は確認したか？」

「したわよ！　下に落ちたかと思ったけど、いなかったの！」

「ならば、上にいたんだろうな」

板材のように平べったい異形は、ヤモリのごとく天井に張りついている。きっと、マンションの壁にもそうやって張りついていたのだろう。

頭部らしきものはあるが、顔は描かれていなかった。だが、異形が夢乃を凝視《ぎようし》している気配は、専門家ではない榊でも感じられるほどだ。

「この異形に心当たりは？」

「ないわよ！　何なの、これは！」

「呪いだ」

九重は異形を見つめつつ、端的に答えた。

「じゃあ、祓《はら》って！　おばけが出たっていうトラブルで来たのなら、あなたにはその力があるんでしょ⁉　呪いを祓ってよ！」

「残念ながら――それは出来ない」

九重がそう言うと、夢乃の顔はたちまち強張《こわば》った。流石に榊も、九重の言葉にはギョッとした。

「ど、どうしてですか？　いつものように、きゅうきゅうナントカをやってくださいよ！」

「この現場では、俺が強制的に排除しても根本的な解決にならない。呪具を排除しても、新たな呪いが集まる可能性がある」

九重は異形から視線を外すと、静かに夢乃と向き合った。

「あれは君の味方のようだ。君は、何を願った？」

「は？　私の味方？　あいつ、エミリの部屋を物色してたのよ⁉　エミリのエルメスのバッグを盗んだのも、きっとあいつよ！」

この部屋では、ここのところ盗難被害が相次いでいたという。

お互いの部屋や道具入れに鍵をかけているにもかかわらず、何故か盗まれてしまうのだ。そのせいで、シェアハウスのメンバーの仲は険悪になっていた。

「君はその盗難被害で、何を盗まれた？」

「えっ……」

夢乃は言葉に窮《きゅう》する。それだけで、彼女が何も盗まれていないことは明らかだった。

「いや、おかしいでしょ！　何も盗まれていないっていうだけで、そいつは私の味方だって？　私はみんなの私物を盗んで欲しいとは思っていないし、盗まれた私物が私のもとに転がり込んできたわけでもない。何も得していないから！」

「盗難は、願望が歪《ゆが》んだ結果だろう。恐らく君は、シェアハウスのメンバーに負の感情を抱いていたんじゃないのか？　痛い目に遭えばいいとか、蹴落《けお》としたいとか」

「そんなこと……！」

否定しようとする夢乃であったが、言葉に詰まってしまった。思い当たる節が、あったのだろう。

「そんなこと……ちょっと思ってても、こんなのに目をつけられるなんて、思わないし……」

夢乃は異形を一瞬だけ見やるものの、すぐにうつむくように目をそらしてしまった。

肩を落とす彼女に、榊は慰《なぐさ》めるように声をかける。

「フッーは、そう思いますよね……。僕もちょっと、似たような事件を起こしちゃいまして……。その時は、まさかそんなことが原因だとは、って衝撃的だったんですけど……」

「あなたも……？」

夢乃は、恐る恐る顔を上げる。彼女の目が潤《うる》んでいることに動揺する榊であったが、何とか首を縦に振った。

「実家が良くも悪くも田舎なんですけど、田舎暮らしが嫌過ぎて自分で自分を呪っていたらしくて……」

お恥ずかしい限り、と榊は苦笑する。すると、夢乃は視線を落とし、重々しい口調で話し始めた。

「私も……似たようなものかも。私は地方都市住まいだったんだけど、刺激は少ないし、窮屈で……。実家も貧乏だったから、都会に出てたくさん稼いで、お金に苦労しない生活をしたいと思って……」

セレブ然とした夢乃の姿からは、そんな背景は想像出来なかった。彼女いわく、身にまとっているブランド品は全《すべ》て、デートをした男性からのプレゼントだという。

彼女は何とか都内で就職出来たものの、どんなに頑張っても業績はパッとせず、給料もよくはないらしい。それがゆえに、家賃を少しでも安くしようと、シェアハウスに住むことにしたそうだ。

「世の中ってなんでも限りがあると思ったの。だから、誰かを蹴落とさないと、その上の生活は出来ないんだって……、幸せになれないって心の隅で感じていたんだと思う」

「そうやって、自分自身に呪いをかけていたんですね……」

榊は同情するような面持《おもも》ちになった。

「その気持ちが他者への反発心となり、呪いとなって、最終的にシェアハウスのメンバーに向いたのかもしれないな」

九重は、他者を呪う気持ちがシェアハウスのメンバーにも伝播《でんぱ》し、お互いに疑い合うことで呪い合い、ケガレが渦巻いていたのかもしれないという。それを聞いて、夢乃はますますうつむいてしまった。

「他者への反発心……。その通りかもしれない。私は色んなものが気に食わなかったんだと思う……。気取らない服装の上層階の住民に対しても、尤《もっと》もらしい理由をつけて妬んでいただけなんだわ。あの人達にとってこのマンションは日常の一つに過ぎないから、ラフな格好をしていたというだけなのに……」

夢乃は、悔《くや》しげに下唇を噛《か》む。

その時、榊は天井から奇妙な音が聞こえるのに気づいた。天井に張りついた異形を見やると、木の板で出来た指先で、カリカリと天井をひっかいているのだ。まるで、九重に対して威嚇《いかく》するように。

その様子に気づいた榊は、息を呑む。もし、異形が襲ってきたとしたら、身を挺《てい》して九重を守らなくては。

なにせ、専門家は彼だけだし、榊の恩人なのだから。

だが、それは杞憂《きゆう》だった。

九重はあくまでも静かに、諭《さと》すように夢乃に言った。

「幸せの形は、一つだけじゃない」

「……どういうこと？」

「助け合ったり、支え合ったりすることで得られる幸せもある」

それを聞いた夢乃は、ハッとした。

それこそ、彼女が住まうシェアハウスはその形の一つだった。一人だと住むのが難しい憧れの場所も、何人かで支え合うことで住まうことが出来る。

「誰かの幸せな場所を、奪わなくてもいいのね……」

「ああ。幸せは、分け合うことも出来る。それで得られる幸せは小さくなるかもしれないが、分け合うことで出来上がった関係性が、新たな幸せに繋《つな》がることもあるからな」

「私は自ら、新しい幸せを放棄しようとしてたんだ……」

夢乃は目から鱗《うろこ》が落ちたような顔で、その場にくずおれた。

その瞬間、天井に張りついていた異形の身体に、ぴしりと亀裂《きれつ》が入る。その亀裂は、音を立てながら徐々に大きくなり、やがて、異形の身体を真っ二つにした。

窓の隙間に、重々しい空気があっという間にさらわれていく。

いつの間にか異形の姿は消え、二つに裂けた小さな板切れのような人型が、パーテーションの右側と左側に落ちていた。九重がそれを回収すると、板切れにはもう、何の気配も残っていなかった。

室内には、夢乃のすすり泣く声だけが響いていた。だが、榊は彼女のことはもう、心配ないと感じていた。

零れ落ちる彼女の涙は、窓から見える夜景にちりばめられた光のように、美しかった。

彼女は自ら呪いを断ち切ったのだと、榊は確信したのであった。

その後、落ち着いた彼女と、事情を知ったコンシェルジュとともに、榊と九重は地下のゴミ集積所までやって来た。どうやら、各階にゴミステーションがあり、そこに捨てられたゴミを集積所に集約して、然《しか》るべき処置をするらしい。

その一角に、資材などが置かれている場所があった。普段、人の出入りがある場所からは死角になるだろうそこに、九重は奇妙な箱を見つけた。

「あっ」

その、薄汚れた古い木箱を見た瞬間、夢乃が声をあげる。

どうやら彼女は、マンションの敷地内にぽつんと置かれていたそれを、以前手に取ったことがあるらしい。

「最初は誰かの忘れ物かと思ったんだけど、よく見ると妙に汚れているし、ゴミだと思って、ゴミの収集をしてたスタッフさんに渡しちゃったのよね……」

「それで、ここに行き着いたということか……」

九重いわく、箱に残る呪いの気配と、人型の板切れの気配は一致するという。板切れは恐らく、箱の中に保管されていたのだろう。

「これ……、きっとみんなの私物だ……」

木箱があった場所には、エルメスのバッグやフェンディのワンピース、シャネルのファンデーションが無造作に置かれていた。どれにも、どす黒い泥のようなものがべったりとついていて、つんとした臭気を漂《ただよ》わせていた。

「盗んだものを手にして、このねぐらに帰っていたのかもしれないな……」

「じゃあ、ずっとここに……？　私達は、あいつと一緒に寝起きしていたっていうの？」

夢乃は、シェアハウス仲間の私物を回収しながら、複雑な顔をする。

「でも、どうしてあいつは私に……」

「恐らく、君が触れた時に縁《えん》が繋がったのだろう。だが、問題はこの箱が何故《なぜ》、敷地内にあったかだな」

九重はコンシェルジュに視線をやる。だが、コンシェルジュも全く心当たりがないようで、首を横に振っていた。

「……あいつがやったことは間違ってるけど、私に味方してくれてたんだよね。もし、私が間違っていなかったら、あいつも間違わなかったかな」

「……さあ、どうだろうな」

九重に問いかけた夢乃は、回収した仲間の私物をぎゅっと抱きしめた。

夢乃は、シェアハウス仲間に事情を説明し、謝罪して弁償するつもりだという。

彼女なりに、自分の気持ちと真摯《しんし》に向き合うらしい。

彼女は、自分に対する風当たりが強くなることは覚悟していた。それでも、自らの保身より、シェアハウス全体の雰囲気を変えることを選んだ。

「ひとまず、シェアハウスに出たおばけと、住民同士のトラブルは解決……か」

榊の立ち合いの仕事は、問題なく終わった。

だが、呪具を取り巻く謎はまだ解決していない。

榊が九重の方を見やると、九重はいつも以上に、険しい表情で眉間《みけん》に皺《しわ》を刻み込んでいたのであった。

第五話

呪《のろ》いの軌跡

森田《もりた》は新入社員だった。

中途採用で新宿《しんじゆく》にある会社の事務員になったのだ。

前職は上司に恵まれず、心身を壊しての退職となってしまったが、今度こそは上《う》手《ま》くやろうと決意を新たにしていた。

幸い、少数精鋭の会社だ。社長や人事は女性で、森田と同性なのが有り難かった。異性だとやはり、意見が食い違ってしまうことが多いのだ。

教育係となる先輩も、直属の上司も女性だった。先輩は常に笑《え》みを湛《たた》えている人で、上司はきびきびした人という印象があった。

（ここなら、やっていけるかも）

前職は古い考え方の男性が多く、体力勝負と根性論ばかりの会社だったが、今回は環境も違うし、会社の方針も違うだろう。

だが、そんな希望を抱いたのは、数日間だけであった。

先輩に仕事を教えてもらっている最中に、上司の怒りの声が頻繁《ひんぱん》に届くことに辟《へき》易《えき》してしまったのである。

「あの書類はまだ？　先にやれって言ったでしょ。本当に遅いんだから！」

「はい、申し訳御座《ござ》いません。すぐにやります」

怒る上司に、先輩はぺこぺこと頭を下げながら応じていた。

森田の目から見て、先輩が特別出来ないわけではないようだし、そもそも、森田への教育に時間を割《さ》いているのは上司の席から丸見えなのだ。上司の振る舞いは、理不尽なように思えた。

しかし、それに応じる先輩もまた、常に半笑いだった。理不尽に対して不満をおくびにも出さない様子は、少し不気味だと思った。

それから二週間ほど経《た》ち、森田が少しずつ仕事を任されるようになった時のことだった。

「あなた、どうしてこれをやってないの？」

不満で顔をしわくちゃにした上司が、森田の仕事に難癖《なんくせ》をつけてきた。

森田は先輩に教わった通りに仕事をこなしただけだ。だが、必要な工程が一つ抜けていたらしい。

「申し訳御座いません」

迷惑をかけたことは事実だ。森田は素直に頭を下げた。

「で、なんで？」

上司は椅子《いす》に座ったまま、森田に詰め寄る。理由を訊《き》かれたら、素直に答えるしかなかった。

「それは、教わっていなかったからで……」

「はぁ?」と上司は、隣で話を聞いていた先輩の方をねめつける。流石《さすが》の先輩も、息を詰めたように固まった。

「あなたは彼女に教わっていなかったっていうのね」

「は、はい……」

「それなら、彼女を怒ることになるけど?」

上司は、冷酷《れいこく》に言い放った。

なんだそれ。

森田は反射的にそう言おうとして、思い止《とど》まった。

何故《なぜ》、疑問形なのか。そこで「はい」と言ったら、先輩が怒られることになる。

(でも、先輩は私に仕事を教えてくれたし、怒られるのを見るのは辛《つら》いな……)

先輩には恩がある。「はい」と言うのは、恩を仇《あだ》で返すようで心苦しかった。

葛藤《かっとう》した森田は、気づいた時にはこう答えていた。

「もしかしたら……私が聞き逃《のが》していたのかもしれません」

とっさに、先輩を庇《かば》ってしまった。

すると、待っていたかのように上司の口から罵詈雑言《ばりぞうごん》が飛び出し、ヒステリックな金切《かなき》り声が事務所内に響き渡った。

森田は耳を塞《ふさ》ぎたくなった。過干渉な彼女の母親も同じような怒り方をする人で、女性のヒステリックな声に幼少期からずっと悩まされてきたからだ。

上司の口から発せられるのは、仕事の説教というよりは人格の攻撃だった。仕事に全く関係ないことや、身に覚えがないことまで注意された。

上司はただ、ストレスの捌《は》け口を探していただけだった。矛先《ほこさき》を向ける相手は、どちらでもよかったのだろう。

（それにしたって、先輩への感謝の気持ちを盾《たて》に取って選ばせるなんて、卑怯《ひきょう》じゃない……？）

あの時、「はい」と答えて先輩を責めさせていたら、それこそ人でなしのやることではないか。人でなしになるか、それとも、自分が犠牲《ぎせい》になるかの二択しかなかったのだ。

そういえば、先輩はどんな顔をしているだろう。

森田は怒られながらも、先輩の表情を盗み見る。

すると、彼女はあの半笑いを浮かべて、怒声《どせい》を浴びている森田を見ているではないか。

仕事の工程を誤って教えたことへの申し訳なさとか、自分が罪をかぶったことへの感謝とか、そんなものは窺《うかが》えなかった。

ただ、見世物《みせもの》でも見ているかのような目で、へらへらと笑っているのだ。

（なんだこいつら……）

森田の中で、真っ黒な感情が蓋《ふた》を開けて溢《あふ》れ出るのに気づいた。

不動産会社に勤めている榊《さかき》にとって、休業日とは水曜日のことであった。

土日の都心は地方のお祭りレベルで混雑するので、平日に休みがあるというのは有り難い。もっとも、そのせいで友人と遊ぶ機会はめっきり減ってしまったが。

新宿の空は狭い。高層ビルが背の高さを競うように立ち並び、道行く人々の頭上を覆《おお》っていた。

「この辺りか……」

西新宿のある場所にやって来た。

手にしているのは九重《ここのえ》の名刺である。彼に散々お願いして、事務所の住所を書いてもらったのだ。

単純に、彼がどんなところで仕事をしているのかという興味もある。だが、初対面の時に助けてもらったお礼を、どうしてもしたかったのだ。

反対側の手には、手土産が入った紙袋を携《たずさ》えている。ちょっとした菓子折りだが、気に入ってもらえるだろうか。

「まあ、九重さんは甘いものが好きそうだしな」

喫茶店ではよく、ココアを頼んでいる。ブラックコーヒーか日本茶が似合いそうな外見なのに、意外だなと榊は思っていた。

榊は名刺の住所とスマートフォンの地図アプリを確認しながら、九重の事務所がある雑居ビルまでやって来た。

真新しい高層ビル群から少し離れたところにある、古いビルだった。

一階にはレトロな店舗が入っているが、営業しているのか休業しているのかわからない。二階以上は住居になっているようだが、人の気配が感じられなかった。

死んだようなビルだな、と榊は思った。

そのビルだけ時が停止していて、朽《く》ちていくのを待っているだけのようであった。

「本当にこんなところに、九重さんが……？」

疑念が頭を過《よぎ》る。

だが、こんなところだからこそ、彼はいるのかもしれない。

凪《な》いだ海のように静かで、どこか物悲しげな彼は、廃墟《はいきょ》のようなビルに通じるものがある気がした。

「えっと、フロアは……地下？」

九重の繊細な字で記された住所には、『Ｂ１Ｆ』と記されていた。

ビルをぐるりと回って入り口を探そうとしたが、その前に、表記の意味がわかった。

「地下っていうか、半地下か」

ビルの一角に、半地下に通じる階段を見つけたのである。

手入れされていない伸びっ放しの植木に隠れるように、半地下への階段が延びている。日が当たるところを避けようとする辺りは九重らしい。

榊はそろりと、階段を下りようとする。階段へ足を踏み入れた瞬間、ひんやりとした空気が榊を包んだ。植木のせいであっという間に影に包まれ、異界に放り込まれたような気分になる。

階段の突き当たりに、扉があった。古びていて素っ気《そけ》ない、鉄の扉だ。

何の表札もかけられていなかったが、代わりに、木の札がいくつかぶら下げられていた。漢字と記号ばかりのそれはいかにも呪術《じゅじゅつ》めいていて、九重はここにいるんだなと榊は確信した。

「すいません、九重さん。榊です」

インターホンがないので、ノックをする。だが、返事はなかった。

「留守かな」

九重はよく出かけるようなので、今日もそうかもしれない。そう思いながらも、何の気なしにドアノブを捻《ひね》ってみる。すると――。

「うわっ」

扉があっさりと開いてしまった。

入り口に下げてあった札は、ドアベルのようにカラコロと乾いた音を響かせる。

ふと、鼻先を線香のにおいが掠《かす》めた気がした。半地下だというのに、乾いた空気が榊を迎えた。

「お、お邪魔します……。その、鍵が開いていたので……」

事務所の主に向けて断りを入れるが、中はがらんとしていた。

高い位置にある窓からほんのわずかに日が射すものの、照らしている範囲は頭上だけだった。

机と古いパソコンと、来客用のソファとローテーブルがあるくらいで、何とも味気ない事務所だ。壁はコンクリートの打ちっ放しで愛想がなく、観葉植物は一つもない。

線香のにおいがしたと思ったが、仏壇はなかった。事務所の隅《すみ》っこにあるハンガーラックには何もかかっておらず、事務所が無人であることを暗に示している。

対角線上には、同じような鉄の扉があった。

一方、ハンガーラックの向こうには、シンプルな木の扉がある。別室だろうか。

「九重さん……？」

念のため、木の扉の方に声を投げてみるが、やはり返事はない。菓子折りが急に重く感じ、ふらふらと誘われるようにソファへと腰を下ろした。

「九重さんが帰ってくるまで待とうかな。流石に、お菓子だけ置いて帰るわけにはいかないし……」

といっても、いつ帰って来るかわからない。彼の携帯番号は知っているが、わざわざ電話をするのもためらわれる。彼は律義なので、外出の途中でも来客のために戻って来そうだ。

「九重さんは、いつもこんなところにいるのか……」

やけに寂しい事務所だ。

窓の向こうには外界があるはずなのに、道行く人々の声はいっさい聞こえてこない。陽光が淡々とコンクリートの壁を照らし、時折、風にそよぐ屋外の植木の枝葉の影が映り込むくらいだ。

（なんだか、時間が止まっているみたいだ……）

静かで穏やかではあるが、目まぐるしく移り変わる世間から置いていかれてしまいそうだ。

九重は好んでこんな場所に事務所を構えているのか。それとも、九重の心境が自然とこんな場所を選んでしまったのだろうか。

思索の海に沈みそうになる榊であったが、ドンドンと鉄の扉を叩《たた》く乱暴な音が、彼を現実に引き戻した。

「ビックリした……。あっちも外に繫《つな》がってるのかな」

榊が入って来たのとは、反対側の扉だ。もしかしたら、ビルの内部からも事務所に出入り出来るようになっているのかもしれない。

だが、ビルの内部から扉を叩くということは、廃墟にも近いこのビルに出入りしている人物ということだろう。

「呪術屋《じゅじゅつや》、いるか？」

若い男の声だ。九重を訪ねて来たらしい。

「い、いないです！」

榊はとっさに答えてしまう。すると、「は？」という訝《いぶか》しげな声が聞こえた。

「呪術屋の声じゃねぇな。誰だ、お前！」

鉄の扉を開け放ち、ずかずかと押し入って来たのは、稲穂《いなほ》のような金色の髪の青年だった。

「ひぃいっ！　勝手に入ってすいません！　来客ですぅ！」

食って掛かる青年に、榊は情けない声をあげながら菓子折りを見せる。

　すると、青年は胡乱《うろん》な眼差《まなざ》しでそれを見やり、榊を頭のてっぺんから爪先まで眺《なが》め、最後に榊が入ってきた方の扉を見てから溜息《ためいき》を吐《つ》いた。

「あいつ、また鍵をかけてないのか。不用心にもほどがあるだろ」

「九重さんと、お知り合いですか……？」

　菓子折りの陰に顔を隠していた榊は、恐る恐る問う。すると、背の高い青年は榊を見下ろしながら睨《にら》みつけた。

「それはこっちのセリフだ」

「ですよね!?　僕はただの助けられた不動産屋です……！」

　明らかに九重と親しいと思《おぼ》しき青年に、榊は自分の名刺を差し出しながら自己紹介をし、九重と出会った経緯を簡単に説明する。

　青年は自分の家のようにソファに腰掛けると、「へー」とか「そんなことがねえ」とか相槌《あいづち》を打ちつつ、榊が話し終わるまで耳を傾けていた。

「つまり、お前は呪術屋に助けてもらったから、休日にわざわざ土産を持ってきた、と」

「その通りです。もう、一字一句間違いは御座いません」

　青年は榊と同じくらいの年齢か、それよりも若く見えるが、いかんせん、態度が大きかった。図々《ずうずう》しいというよりは堂々としていて、人生経験は榊よりも遥《はる》かにあるように見える。そんな彼を前にすると、榊は自然と丁寧語になってしまうのだ。

青年は、ジャンク屋と名乗った。

名前は名乗らず、名刺もないそうだ。秋葉原《あきはばら》でパソコンのジャンクパーツを売っている店があるが、その類《たぐい》だろうか。

「律義っていうか真面目《まじめ》だな。やっぱり、真面目な奴《やつ》には、似たような奴が懐《なつ》くのかね」

「はぁ、どうも、恐縮です……」

榊はつい、営業スマイルを貼り付けつつ、ぺこぺこと頭を下げる。完全に、ジャンク屋のペースに呑《の》み込まれていた。

「でも、呪術屋がいつ戻って来るか知らないんだろ？　戻って来るまで待つのか？」

「むしろ、いつ戻って来るかご存知ないんですか？」

「なんか、いちいち敬語で気持ち悪いな」

ジャンク屋は歯に衣着《きぬき》せずそう言い放ち、「知らん」と答えた。

「あいつの仕事は大体遅くなるし、明け方に帰って来るなんてよくあるぜ」

「明け方までは、流石に待てないな……」

「だろ？　そいつを置いて、手紙でも書いて帰ったらいいんじゃないか？　お前が来たことは、俺が呪術屋に伝えておくからさ」

ジャンク屋は口が悪くて態度は大きいが、気のいい青年らしい。歯を見せて笑う彼は、とても頼もしく見えた。

「それじゃあ、お言葉に甘えて……」

「おうよ。任せとけ」

榊はメモ帳を取り出し、丁寧に切り取ると、サラサラと九重に手紙を書く。助けてもらった感謝の気持ちと、つまらないものだが受け取ってくれという旨《むね》を。

「……ジャンク屋さんは、よく九重さんとご一緒されるんですか？」

ジャンク屋があまりにも九重の事務所でくつろいでいるので、つい尋ねてしまう。ジャンク屋は、「まあ、それなりには」と答えた。

「なんか、意外ですね」

「どうしてだよ」

「九重さんって、一人の方がお好きそうだったんで」

榊が九重と会う時、彼は常に一人で、誰にも気づかれないように気配を殺して街の陰に隠れている。だから、人と関わることを避けていると思っていたのだ。

一方、ジャンク屋は少し考えるそぶりを見せると、こう返した。

「いや、実際そうだと思うよ。あいつは一人になりたがる。でも、一人にしてたら、いつの間にか死んでそうだし」

「そんな、大袈裟《おおげさ》な」

榊は思わず苦笑する。だが、ジャンク屋は全く笑っていなかった。

「あいつ、大切な人を亡くしているんだ」

ジャンク屋が零《こぼ》した言葉に、榊は思わず、「えっ」と目を丸くした。

日が傾き、いつの間にか光が入らなくなっていた。薄暗い部屋の中で、ジャンク屋はぽつりぽつりと語り出した。

「俺からしてみれば、あいつにはどうしようも出来ないことだった。でも、あいつは自分を責めたんだ」

「そんな……」

「あいつの大切な人は呪いによって亡くなって、あいつは自分を呪った。気づいた時には、呪いが見えるようになり、操《あやつ》れるようにもなっていたらしい。呪術屋をやって、自分みたいに苦しんでいる奴を救えって言ったのは、俺だ」

そうしないと、九重は消えてしまいそうだったのだろう。手を離したら、風船のように何処《どこ》かへ行ってしまいそうだったのだろう。

「九重さんを、一人にしないために……」

「そう。それに、自分と似た境遇の人間を助けることが、あいつにとっての救済になると思ったんだ。あいつが自分を責めてるの、見てられなかったし」

「そう……ですね」

九重がどこか物悲しげな理由がわかった気がする。彼は常に自分を責め、喪《うしな》った大切な人に悔《く》いているのかもしれない。

そう思うと、榊は胸が痛む。自分が何か役に立てないかと思ってしまう。

「だから、お前みたいな奴も救いになると思うんだ」

「えっ？」

榊が顔を上げると、ジャンク屋はこちらを真《ま》っ直《す》ぐ見つめていた。澄み渡った湖のような、真摯《しんし》な眼差しだ。

「お前みたいに、呪術屋に救われて感謝をしているっていうのを露骨に主張する奴が、あいつには必要なんだ。そういう縁《えん》がたくさん繋《つな》がれば、あいつを現世に繋ぎ止められる気がするよ」

「そう……ですかね。いや、きっと、そうですね」

榊もまた、ジャンク屋を見つめ返す。すると、ジャンク屋は白い歯を見せて笑ってみせた。

「それにしても、ジャンク屋さんはすごいなぁ」

「なんだよ、急に」

「多分、僕と同じか僕よりも若いくらいなのに、とてもしっかりしてると思って」

榊は気恥ずかしそうに頰《ほお》をかく。だが、ジャンク屋は複雑な表情をしてみせた。

「ジャンク屋さん？」

「まあ、なんだ。ここはワケアリどもの巣窟《そうくつ》だからさ」

ジャンク屋は言葉を濁《にご》す。

九重も訳ありであり、同じビルの住民と思しきジャンク屋もまた、恐らく訳ありなのだ。

榊は事情を知りたかったが、ジャンク屋はそれっきり口を閉ざしてしまったため、それ以上踏み込むことは出来なかった。

翌日、榊が出勤して仕事をしていると、九重から連絡が入った。

仕事中であったが、「業者さんからです」と柏崎《かしわざき》に言いわけをしつつ電話をとった。

「もしもし、榊です」

『九重だ。昨日はすまなかった』

「いえ、別に。お忙しい中、アポなしでお伺いしてすいません」

すまなかったという短い言葉の中に、彼なりの気遣いが垣間《かいま》見《み》えた気がした。短いこの言葉には、留守にしていたことへの謝罪と、菓子折りへの礼が込められているのだろう。

お口に合えばいいんですが。

そう続けようとした榊であったが、九重が先に切り出した。

『すまないついでに、君に頼みたいことがある。ある物件について、調べてくれないか？』

九重が教えてくれたのは、新宿区にあるビルの名前であった。榊が調べると、それは、マヨイガが管理している物件であった。

「九重さん、ビンゴです。うちがオフィスとして貸し出している物件ですよ、それ」

『やはり、か。すまなかったな』

九重は電話を切ろうとするので、「待って！」と榊は声をあげた。

「また、呪具《じゅぐ》の気配ですか？」

『ああ』

「すごい精度ですね。この前は港区で見つけたのに、今度は離れている新宿区で見つけるなんて。呪いの気配って、そんなに辿《たど》れるものなんですか？」

『いや』

九重はややあって、こう答えた。

『新宿区にあると思って、昨日、足を延ばしてみた。そこで呪いの気配を見つけたんだ』

「新宿区にあることを、予想したってことですか……？」

『ああ』

スマートフォン越しに九重が頷《うなず》く気配がするものの、それ以上、彼は語ろうとしなかった。きっとまだ、彼の中で確信に至らないものがあるのだろう。

榊は柏崎の方を見やる。

やり取りを聞いていた柏崎は、タイピングの手を止めた。

「榊、行くぞ」

「はい、行ってきま……えっ？」

榊は目を丸くする。そんな彼の前で、柏崎はさっさとパソコンの電源を切り、席を立った。

「今回は、私もついていく。うちの物件にふざけた呪いがかかっているというのならば、私もそいつを確認する必要があるだろうからな」

榊の目の前で、柏崎は静かに闘志を燃やしていた。

同僚たちは息を呑み、榊もまた、上司からほとばしる殺気に気圧《けお》され、しばらくの間、言葉を失っていたのであった。

立ち会いという名目で、榊と柏崎が九重に合流する。

件《くだん》のビルの下で待つ九重を見て、柏崎は「あいつ……出来るな」と呟いたが、榊には何のことだかサッパリだった。

柏崎が九重と名刺交換をしている最中、榊はビル周辺を見やる。

ビルは街中によくある平凡な十階建ての雑居ビルで、築年数はせいぜい二十年かそこらだろう。特別真新しいわけでもなく、目立った劣化もない。

新宿駅からはそこそこ近いため、ビルの前は人通りも多い。若者達が何かの話題で盛り上がりながら、目の前を通り過ぎていく。

「榊」

「はいっ！」

柏崎に呼ばれて、榊は背筋を伸ばしながら振り返る。

「九重氏は、我々を待っている間に呪いの気配がするフロアを絞ってくれたらしい。怪しいのは、このビルの五階だ。これからアポを取ってみようと思う」

「これから？　もし、断られたらどうするんですか？」

「押し入るしかない」

上司は物騒なことを言いながらスマートフォンを操作する。榊は固唾《かたず》を呑みつつ、九重に視線をやった。

「因《ちな》みに、九重さんはどうするつもりだったんですか？」

「押し入るつもりだった」

「二人とも実力行使が過ぎるのでは……」

とはいえ、相手は呪いだ。一筋縄《ひとすじなわ》ではいかないだろう。

そうこうしているうちに、柏崎は五階にオフィスを構えている会社と電話が繋がったらしい。

「お世話になっております。不動産会社マヨイガの柏崎と申します。急なご連絡で恐縮ですが――」

柏崎が淡々と話し始めたその瞬間、スマートフォン越しに悲鳴じみた声が聞こえた。

『助けて！』

「な……っ」

スピーカーモードにしていないにもかかわらず、榊の耳にも届く。九重もまた、さっと身構えた。

「落ち着いてください。何があったんですか？」

柏崎はスマートフォン越しに相手をなだめようとする。だがその時、周辺に悲鳴が響いた。

「か、柏崎さん、あれ!」

榊は見てしまった。五階の窓から、女性が身を乗り出しているのを。

オフィスワーカーらしくスーツを着た若い女性で、顔は真っ青になり、恐怖に慄《おのの》いているようだった。

「まずいぞ!」

柏崎が叫び、九重はビルの中へと消える。それとほぼ同時に、身を乗り出していた女性は、何かから逃れるように窓から飛び出した。

周囲が騒然となり、柏崎と榊は女性を受け止めようと走り出す。だが、それよりも早く、ビルの開いた窓から九重が身を乗り出し、落ちる女性の腕を引っ摑《つか》んだ。

「九重さん、ナイス!」

女性は宙ぶらりんになり、地面に叩きつけられずに済んだ。榊と柏崎はビルの階段を駆《か》け上がり、窓から身を乗り出している九重を援護し、女性を救助した。

助けられた女性は、小刻みに震《ふる》えていた。彼女は膝《ひざ》を抱《かか》えて縮こまりながら、「ごめんなさいごめんなさいごめんなさい」とブツブツと呟いていた。

「あなたが、電話に出てくれた方ですよね。一体、何があったんですか?」

柏崎はしゃがみ込み、出来るだけ静かな声色《こわいろ》で彼女に問う。だが、女性は紫色の唇を震わせて謝罪をするだけで、何も答えなかった。

「……まだ、呪いの気配がする」

九重は階段の上の方を見やる。

「……弊社からの依頼だ。事件の解決を頼む」

柏崎の言葉に、九重は頷いた。九重が五階に向かうと、柏崎は榊に、「行け」と命じた。

「でも……」

震えっ放しの女性を心配そうに見やる。だが、柏崎は再び、「行け」と榊の背中を押した。

「少人数の方が落ち着くかもしれない。ここは、同性である私が残って事情を聴こう。お前は九重氏に立ち会え。特殊な専門家に思う存分腕を振るってもらうために、我々が立会人になって責任を負うんだ」

「責任……」

少し重い言葉に、榊は一瞬だけ躊躇《ちゅうちょ》する。しかし、柏崎は更に背中を押す。

「お前の行動の責任は、私が取る。そのための上司だ。安心しろ」

「わかりました。恐れ入ります」

榊は力強く頷き、九重に続く。

九重の仕事は、一般人には理解され難《にく》いだろう。榊だって、呪いを目《ま》の当たりにしていなかったら懐疑的であったに違いない。

だから、九重に何かがあった時のために、中立的な立場の人間がいた方がいいのである。それが、一般人に広く受け入れられている不動産屋である榊達の出来ることであった。

彼を不当な見解から守り、彼に最大の力を発揮してもらう手助けをするというのが、榊達の役目であった。

（それが、物件やお客さんを守ることにもなるしな）

榊はようやく九重に追いつき、五階までやって来た。

オフィスのドアは閉まっていて、不思議なほど静まり返っていた。榊がノックをするが、返事はない。

「行くぞ」

「……はい」

榊が頷くと、九重はドアノブを捻った。鍵はかかっておらず、ドアはあっさりと開け放たれる。

次の瞬間、むわっとした黴《かび》の臭《にお》いが榊の鼻を衝《つ》き、思わず呻《うめ》きそうになった。

ドアの向こうは、やけに暗かった。天井《てんじょう》の照明は呻き声のような音をたてながら点滅していて、オフィスの中は妙に埃《ほこり》っぽい。

まるで、何十年も掃除していないようだ。

「まさか、異界……」

「そうだな」

九重は躊躇することなく踏み込む。榊もまた彼に続こうとするが、その目の前に、何かが倒れ込んで来た。

「ひぃ！」

榊はとっさに支える。それは、先ほどの女性よりも少し年上のオフィスワーカーらしき女性であった。

「だ、大丈夫です……か⁉」

問いかけは、こわばった悲鳴に変わる。

その女性は、自らの首を絞《し》めていた。指が首に食い込むほど力を込めていて、首はぎしぎしという音を立てている。

「ヒューッヒューッ……」

自らの首を絞めながら、女性は喘《あえ》ぐように酸素を欲し、大口を開けていた。異様な呼吸音が榊の耳に届き、思わず固まってしまう。

「急急如律令《きゅうきゅうにょりつりょう》！　我が呪いにより解《ほど》けよ！」

九重は女性の姿を見るなり、彼女に向かって印《いん》を切る。するとその瞬間、女性はビクンと身体を震わせて、自らの首を解放した。

「ごほっ、ごほっ……！」

女性は咳《せ》き込み、どす黒く変色しかけていた顔が少しずつ赤みを取り戻す。彼女が無事だと確認するや否《いな》や、九重はオフィスの奥へと目を向けた。

黴臭さが急速に引いていく。

九重の視線の先では、オフィスの窓から漏《も》れる逆光を背に、顔を真っ青にした若い女性が立っていた。

彼女の手には、人型の板切れが握られている。榊と九重が今まで目の当たりにしてきた呪具と、同じものだ。

「まさか、こんなことになるなんて……」

若い女性の胸には、名札がついていた。彼女の名は、森田というらしい。

森田の手の中で、板切れは真っ二つに割れ、風化でもするかのようにあっという間に粉々になる。

「君は、何を望んだ？」

九重は森田を咎《とが》めることなく、静かに問う。

「ちょっとだけ……痛い目に遭《あ》えばいいのにって……。自分にとって気に食わないことがあると激怒する上司も……それに反論せずにへらへら笑っているだけの先輩も……私の中でどうしても受け入れられなくて……」

「横暴な上司と、それを甘んじて受け入れる先輩を呪ったわけか……」

「呪っただなんて！」

森田は恐怖に慄《おのの》きながら、震える声で反論した。

「ほんの少し痛い目に遭えばいいと思ったけど、そんなこと起きるわけないって思ってた……。だって、世の中ってそういうものでしょう？　自分の思い通りにならないし、それをある程度受け入れて耐えるしかない。だから、せめて妄想《もうそう》の中だけではって、思っていたのに……」

彼女はそれだけ言うと、言葉に詰まってしまった。

九重は彼女に歩み寄り、呪具であった板切れの欠片《かけら》を拾う。

「これは、何処で手に入れた？」

「残業で遅くなった時、オフィスの片隅にあるのを見つけたの……。最初はゴミかと思って捨てようと拾ったんだけど、いつの間にか、机の中にしまっていて……」

「拾った時に、何か異変はなかったか？」

「声が、聞こえた気がする」

「声？」と九重は問い詰める。

森田はしどろもどろになりながら、こう答えた。

「『この場所が、汝《なんじ》のマヨイガにならん』……って」

九重と榊は顔を見合わせる。

「マヨイガって、弊社のことですかね……」

「いや、君の会社名の由来の方かもしれない」

榊が勤務している不動産会社マヨイガは、『遠野《とおの》物語』に登場する『迷《ま》い家《よ》』に由来していると聞いたことがある。

「『迷い家』は、訪れた人をもてなす怪異だったはず……。それじゃあ、あの呪具はやっぱり……」

「物件や呪具に関わった人の願いを叶《かな》えるもの、かもしれないな」

榊の予想が信憑性《しんぴょうせい》を帯びてきた。

二人が検証する中、ようやく呼吸が回復した先ほどの女性が、森田に向かって叫んだ。

「この、恩知らず！　お前みたいな出来損ないを教育してやったのに！」

「なっ……！　教育してくれたのは、先輩じゃないですか。あなたはただ、私達を叱責《しっせき》し続けただけでしょう⁉」

「あいつが教育したから、お前は出来損ないになったわけね。この、無能ども！

お前達なんて、いくらでも替わりがいるから――」

「そこまでにしろ」

反論する森田と罵声《ばせい》を浴びせる上司と思しき女性の前に、九重が割って入った。

九重は、悔《くや》しげに歯を食いしばっている森田へ、静かに声をかけた。

「呪いの原因を断たない限り、君には永遠に呪いが付きまとう」

「私に、呪いが……」

森田は唇をわなわなと震わせながら、ぎゅっと拳《こぶし》を握りしめる。本気で向けるつもりがなかった呪いが実現した恐ろしさを、思い出しているのだろう。

「そうだ、先輩は！」

森田はハッとする。先輩とは、窓から落ちた女性のことらしい。

「無事だ。怪我《けが》はない」

果たして、あの状態が無事だと言えるのか榊には疑問であったが、怪我がなくて身体的には問題なさそうなのは事実であった。

「そう。よかった……」

森田は胸をなでおろす。

だが、榊は気づいてしまった。安堵《あんど》しているはずの彼女の顔が、ぴくっと引きつったのを。

彼女にとっては、無意識だったのかもしれない。無事でよかったというのは彼女の本心だったのかもしれない。

しかし、心の奥底か何処かで、残念に思っていたのだ。そのストレスが、筋肉を引きつらせたのだろう。

九重もそれに気づいたようだったが、特に何も言わなかった。

「呪具は壊れて、物件に蟠《わだかま》っていた呪いが解けた。俺の仕事は、これで終わりだ」

九重は踵《きびす》を返し、さっさとオフィスを後にする。榊もまた、柏崎に報告をするために九重に続いた。

階段を降りると、柏崎が森田の先輩である女性をなだめていた。興奮状態だった彼女は、だいぶ落ち着いて、「怖かった」とすすり泣いているだけだった。

彼女いわく、仕事中に職場の様子が一変し、恐ろしい化《ば》け物が自分に襲い掛かったのだという。だが、榊も九重も、先ほどの事務所で化け物らしきものを見ていない。

「呪い、ですかね。認知を歪《ゆが》められたんでしょうか……」

「恐らくな」

榊の言葉に、九重が頷く。森田の上司もまた、呪いの影響を受けて自らの首を絞めていたのだろう。

呪いの原因を断たない限り、永遠に呪いが付きまとう。

九重が口にした言葉が重い。

呪具がなくなったことで、物件に留《とど》まっていた呪いも消えた。しかし、森田がストレスのたまる職場にいる限り、彼女は上司と先輩を呪い続けてしまうだろう。

根が深いな、と榊は心の中で呟く。

せめて、森田が少しでも楽になれるようにと願ったが、願望がどんな呪いになるかわからないので、榊は無心になるように努めたのであった。

事後処理は、驚くほどスムーズに進んだ。

問題があった会社自体が、厄介《やっかい》ごとを避けたがっていたのだ。柏崎が社員同士のトラブルが原因だというのをチラつかせた瞬間、問題に深く突っ込まれることを避け、穏便《おんびん》に事を収めることに同意したのだという。

しかし翌日、榊は別件で新宿にやって来た。

丁度《ちょうど》、件《くだん》のオフィスの近くを通った時、ばったり森田と鉢合《はちあ》わせたのである。

「あっ、昨日の……！」

「どうも、お世話になりました……！」

とっさのことで、榊は動揺しながら挨拶《あいさつ》をする。

だが、森田は妙にすっきりした様子で、昨日まで呪いを抱えていたとは思えないほどだった。

「私、会社辞めてきました」

森田は唐突《とうとつ》に、衝撃的な事実を述べる。

「えっ、辞めちゃったんですか？」

「私の替わりなんて誰でも務まるみたいですし、別にいいかと思って。再就職は大変だけど、きっと、他の会社も誰かの替わりを探しているでしょうから、そこに潜《もぐ》り込みますよ」

森田は苦笑したが、その表情はどこか晴れやかだった。

「ずいぶんと割り切ってますね……」

「割り切らないと、また、誰かを呪ってしまいそうだったから」

森田の言葉に、榊はハッとする。

彼女は九重の助言を受けて、自分なりに己《おのれ》の呪いと向き合ったのだろう。その結果、呪いを断つために悪縁を断ち、職場を変えることにしたのである。

「今度は、いい職場だといいですね」

「そうですね。でも、いい職場に出来るかどうかは、自分にかかってるので」

森田は最後にお礼を言うと、榊の前から去っていく。その足取りは、実に軽《かろ》やかだった。

「いい場所に出来るかは、自分次第……か」

もう、彼女は大丈夫という気がする。呪いに頼らず、自分で自分の居場所を作ろうとしているから。

「そういえば、九重さんはなんで、新宿が怪《あや》しいと思ったんだ？」

呪いを辿ったわけではないらしい。何か、法則性でも見つけたのだろうか。

榊は道の端《はし》に寄り、何気なく地図アプリを開いてみる。そして、今まで呪具が見つかった物件の場所をマーキングしてみた。

「これは……！」

五つの物件は、散り散りになっていた。だが、池袋《いけぶくろ》、豊洲《とよす》、新宿、上野《うえの》、品川《しながわ》の順で物件同士を結ぶと、ある図形が浮かび上がったのである。

それは、五芒星《ごぼうせい》だった。九重ら呪術師が用いる、呪術的な意匠《いしょう》だ。

そして、その中心には——。

「これ、うちの会社だ……」

マヨイガのビルが、すっぽりと五芒星の中心に収まっていた。背筋からすーっと血の気が引いていくのを感じる。

九重は恐らく、既にマヨイガに何かがあると仮定していたのだろう。そこから、新宿に何かあると踏んだのだ。

そしてそれは、予想通りになってしまった。

「うちの会社に、何があるっていうんだ……」

そう言ったはずが、声にならなかった。

かすれた吐息《といき》だけが漏《も》れ、新宿の雑踏の中に呆気《あっけ》なく消えていった。

第六話

理想物件マヨイガ

山の中は、どこも同じような風景だった。見えるものは、生《お》い茂《しげ》る木々ばかり。足元には草と土しかなく、頭上では枝葉の隙間《すきま》から空が窺《うかが》えるくらいだ。

自分の他にもいた登山客は、いつの間にか消えていた。

どうやら、遭難《そうなん》してしまったらしい。

仕事に疲れて自然に癒《いや》されたいと思っただけなのに、自然に呑《の》み込まれてしまったようだ。

どうにかして、下山しなくては。

地図と方位磁針を頼りに歩くものの、どうも、同じところをグルグルと回っているような気がしてならなかった。

「寒いな……」

空はいよいよ、黄昏《たそがれ》に染まりつつあった。それに伴い、気温が急激に下がっているのだろう。

比較的、気候が良い時季だったのが不幸中の幸いだ。東北の山中なので、冬は凍《こご》えるほどだろう。

「それにしたって、暗くなってから動くのはよくないかもしれないな。何処《どこ》かで、一夜を明かさないと……」

一夜を明かすつもりがなかったので、テントは持っていない。せめて、少しでも夜露がしのげる場所がないかと彷徨《さまよ》っていると、不意に、灯《あか》りが視界に飛び込んできた。

「馬鹿な……！」

こんな山中に、家があるはずがない。

疲労のせいで幻覚でも見ているのではないかと、目をこする。だが、何度見ても、そこには灯りがあった。

徐々に辺りが闇《やみ》に閉ざされる中、灯りに向かってひた走る。

すると、どういうことだろう。

そこには、立派な瓦《かわら》屋根の日本家屋が建っているではないか。

「なんだ……これ……」

表札はない。人の気配もなく、しんと静まり返っていた。

だが、庭先では複数羽の鶏《にわとり》が餌《えさ》をついばんでおり、山羊《やぎ》が草を食《は》んでいた。毛並が良くて、手入れをされているのは明らかで、その屋敷が廃屋《はいおく》ではないことを示していた。

だが、こんなところに家があるはずがない。

目の前に屋敷の門があるものの、道はいっさい見当たらない。家の主は、こんなところでどうやって生活をしているというのか。

「すいません……」

遠慮がちに声をかけてみるが、返事はない。

しかし、背後からは夜の闇がじりじりと迫っている。ここで軒《のき》を借りられなくては、夜の山で一夜を過ごすしかないのだ。

遠くから犬の遠吠《とおぼ》えがする。野犬か狼《おおかみ》かわからないが、彼らと鉢合《はちあ》わせしたくなかった。

「失礼します……」

恐る恐る門を開け、敷地内に踏み入る。庭先には小さな畑もあり、奥からは水音も聞こえ、水車も窺えた。

振り向くと、門の向こうは真っ暗だった。日は完全に沈んでしまったのだろう。

それでも、屋敷の敷地内は明るかった。

庭の灯籠《とうろう》には灯りがともっており、屋敷の障子《しょうじ》からも優しい光が漏《も》れていた。

「まるで、極楽だな」

客をもてなすように、庭石が玄関へと続いている。玄関にポッと灯りがついたが、人影はなかった。

そう言えば、こんな話を聞いたことがある。

人が住まないような山中に、人をもてなす怪異が現れると。

その名も、『迷い家《まよが》』。

柳田國男《やなぎたくにお》が編纂し、著した『遠野物語《とおの》』の中に登場する、人に幸福をもたらす神出鬼没の存在である。

もし、この家が本当に『迷い家』であれば有り難い。

『遠野物語』では、迷い込んだ人間は無欲で何も持ち帰らなかったが、後日、米が尽きぬお椀《わん》が川を下ってその人のもとへやって来たらしい。

何かを持ち帰れば、それはその人に幸運をもたらすという。

「でも、私は幸福を独占するより、他の人と分け合いたいな……」

思わず、そう呟《つぶや》いてしまった。

すると、足が何かにぶつかった。驚いて足元を見ると、そこには先ほどまでなかった、まな板ほどの板材が落ちていたのであった。

不思議に思って拾ってみると、それは妙に自分の手に馴染《なじ》んだ。

きっと『迷い家』からの贈り物なのだろう。そう自分を納得させて、ザックの中に丁寧にしまったのであった。

榊《さかき》は会社に戻るなり、上司の柏崎《かしわざき》に相談をした。

池袋《いけぶくろ》、豊洲《とよす》、新宿《しんじゅく》、上野《うえの》、品川《しながわ》の物件を線で結ぶと、五芒星《ごぼうせい》になる。そして、その真ん中には不動産会社マヨイガがあるということを。

それを聞いた柏崎は、すぐさま、九重《ここのえ》に連絡をするよう榊に命じた。すると、丁度《ちょうど》、九重もマヨイガに来るところだったらしい。

「待っていてくれって、九重さんが」

榊は通話を終えるなり、腕を組んで事を見守っていた柏崎に報告する。

「それまでに、少し調査をしておこう」

「ちょ、調査……ですか？　専門家を待たなくても大丈夫ですかね」

「資料を集めるだけだ。専門家が来た時に、情報が多い方がいいだろう」

柏崎はそう言って、他の社員から倉庫の鍵を受け取り、事務所を後にした。

「何、うちの会社ヤバいの？」

榊の同僚は、顔をこわばらせたまま柏崎の背中を見送る。

「多分、ヤバいんだと思う。でも、専門家が来るから大丈夫」

榊は同僚の肩をポンと叩《たた》いた。

「お前、ずいぶんと肝《きも》が据《す》わったなぁ。つい先日までは、絶対に残業したくないって震《ふる》えていたのに」

「いや、残業は相変わらずしたくないけど……」

今思えば、マヨイガの事務所に怪異が多かったのは、呪術《じゅじゅつ》的に意味がある場所だったからかもしれない。

「でも、ずっと頼もしくなった」

「えへへ、そうかな」

「頑張れよ、心霊課」

「部署を勝手に決めないでくれる⁉」

思わず悲鳴をあげる榊であったが、その他の社員達も納得したように頷《うなず》いたり、応援するような眼差《まなざ》しを送ったりしてくれた。

「そうなると、柏崎さんも心霊課になるんじゃあ……」

「いいや。課長は俺らの課長だし、お前は独立部署だよ」

「ひどい……。僕から柏崎さんを取り上げるなんて……」

榊はさめざめと泣く。柏崎の雄姿を拝《おが》むのが会社に来る理由の一つでもあるので、取り上げられたらやり甲斐《がい》が減ってしまう。

「っていうか、お前は行かなくていいの？」

「行く！　顎《あご》で使われてくる！」

「おう。身を粉《こ》にして働いてこい」

同僚達に見送られた榊は、駆《か》け足で柏崎を追った。

彼女は、マヨイガの事務所が入っているフロアの片隅《かたすみ》にある倉庫に、足を踏み入れるところであった。

「柏崎さん、手伝います！」

「ああ、助かる。創設者である岡野正人《おかのまさと》氏の記録を探していてな」

「岡野さん、ですか……」

「マヨイガの創設者であり、先代の社長だ。亡くなったとされているが、実際は行方《ゆくえ》不明になっている」

倉庫には鉄のラックがずらりと並んでおり、そこには資料がごっそりと収まっていた。バインダーが埃《ほこり》を被《かぶ》り、古いものは紙が変色し始めている。

柏崎が照明をつけるが、資料が天井《てんじょう》近くまで積み上がっているせいで薄暗かった。

「何処に行っちゃったんでしょうね、岡野前社長」

「知らん。山登りが趣味だったらしいから、山かもしれないと社長は言っていたな。だが、山に行く時は家族に伝えるような人だったから、おかしいと訝《いぶか》しんでもいた」

柏崎はしかめっ面《つら》になりながら、バインダーの背表紙に書かれたタイトルを一つ一つチェックしていく。

「なんかまるで、神隠しに遭《あ》ったみたいですね」

榊の何気ない言葉に、柏崎の手が止まる。

「確かに、そうだな……」

「……なんか、自分で言っておいて、すごく怖い話になってきた気がします」

榊もまた、資料を探す手が止まる。

のろのろと資料の背表紙や中身をチェックしていると、ふと、分厚い二つのバインダーの間に隠れるようにして、古びたノートが挟まっていた。

「あっ……」

取り出してみると、『岡野正人』という名前が記されていた。これこそ、岡野氏の記録なのだろう。

「それっぽいの、ありました！」

「でかした」

柏崎はすぐに手を止め、榊のもとへやってくる。

しんと静まり返った倉庫の中で、埃っぽいノートをめくる音だけが響く。中身はどうやら日誌のようで、記されているのは、不動産会社マヨイガを創設する前の出来事のようだった。

「マヨイガの前身となる会社のことも記されているな。興味深い資料だが……」

「柏崎さん、ここ……！」

榊は、ある日の日誌に目を止めた。

それは、数日前に山で遭難したという記録であった。

岡野氏はいつものように東北に登山に行ったのだが、その日は珍しく、道に迷ってしまった。

日が暮れて万事休すというところで、純和風のお屋敷を発見したという。岡野氏は闇に追いたてられるように、その屋敷の中へと足を踏み入れた。

道もない山の中に立派な屋敷があるというのもおかしな話であったが、それ以上におかしいのは、その屋敷が無人であるのに、いつの間にか料理の支度《したく》がしてあり、布団《ふとん》が敷かれていたということであった。

「これって、もしかして……」

榊は固唾《かたず》を呑《の》む。

岡野氏はそのお屋敷を、『迷い家』だと確信していた。

その日は温かい布団でぐっすりと眠ることが出来、翌朝、無事に下山出来たという。

岡野氏は『迷い家』のもてなしに感謝をすると同時に、他の人達にも、そのもてなしを体験してもらいたいと思っていた。

だが、『迷い家』はその名の通り、神出鬼没の怪異であり、同じ場所には留《とど》まらず、どんなに探しても逢《あ》えるものではなかった。

だから、岡野氏は自分が出遭った『迷い家』のような体験を、人々に提供出来ないかと考えた。

その結果、『迷い家』のように素晴らしい物件を紹介すべく、不動産会社を創設したという。

「マヨイガの誕生秘話のようなものだな。だからこそ、この日誌が倉庫に残されていたのか」

榊がページをめくる横で文章を追っていた柏崎は、納得したように頷いた。

しかし、榊は違和感に気づいた。

次のページをめくろうとしたその時、そのページだけ妙に厚いと感じたのだ。よく見ると、間にもページがあることに気づく。

「ページがくっついちゃってますね。糊《のり》でもひっくり返したのかな」

榊はくっついているページを慎重に剝《は》がす。

袋とじのようになっていたページをようやく開いた瞬間、むっとした黴臭《かびくさ》さが二人を襲った。

「うわっ……」

思わず鼻をつまみたくなる。榊が今まで体験してきた呪《のろ》いの黴臭さに近かった。

「榊、見ろ！　こいつが、お前の言っていた図形だろう！」

柏崎が声をあげる。

そのページには、東京二十三区の地図が記されていた。そして、五つの点を一筆書きで結んだ五芒星が描かれている。

「そうです、これです……！　まさか、本当に意図していたなんて……」

「九重氏も、これに勘付《かんづ》いていたようだな」

五芒星の中心には、やはり、市ケ谷《いちがや》があった。岡野氏は、そこに会社を構えるべきだと記述していた。

「『迷い家』のように幸福な物件を提供するために、『迷い家』から持ち帰った木材でこしらえた人型を、五カ所の土地に潜《ひそ》ませてみよう。そうすればきっと、流れが作れるはず』……だと？」

「木材でこしらえた人型って、もしかして、五カ所の物件にあった呪具《じゅぐ》のことですかね」

「恐らく、な」

岡野氏は、『迷い家』からまな板ほどの木材を持ち帰っていた。

『迷い家』から持ち帰ったものは、人々に幸福をもたらすという。岡野氏はそれを利用して、幸福をシェアしようとしたのだろう。

五芒星は呪術的なものだが、魔除《まよ》けの意味を持つ。

「でも、この感じだとマヨイガが取り扱う物件にとってプラスになることが起こりそうだし、岡野さんもそれを狙《ねら》っていたんですよね。なのに、どうして怪異が発生したんでしょう？」

「綿津岬《わたつみさき》が消えた時、部下に薦《すす》められてオカルト誌の記事を読んでみたんだが、あそこは呪われた土地だったんだろう？　そいつが壊れた時に、呪いが噴き出したのかもしれないな」

「もしかして、結界がもたらすプラスの作用を凌駕《りょうが》するマイナスの作用が流れ込んだから……」

実際、榊が怪異に遭った池袋の物件も、ここ一年で急速に怪現象が報告されるようになって、バタバタと人が去っていったという。それ以前は、満足度が高い物件だったにもかかわらず、だ。

「他の物件が騒がしくなったのもここ最近ですし、辻褄《つじつま》が合ってる気がしますね」

「唯一、ここはその前からだがな」

「ひえっ」

マヨイガのビルだけは、一年以上前からぽつぽつと怪現象が報告されていたという。

だが、いずれも照明が勝手についていたり消えていたり、鍵が勝手に開いていたり、閉まっていたりする程度のものだったので、大きな問題になっていなかったのだ。

「だが、この流れだと、ここのビルも怪しいな」

「『儀式の中心をマヨイガの拠点とし、結界を維持することにする』って書かれてますね。その儀式って、今でも続いているんでしょうか……」

「恐らくな。こいつを見てみろ」

柏崎は、榊よりも少し先を読んでいた。そこには、ビルの見取り図と思《おぼ》しきものが描かれている。

「ん？」

そのうちの一つは、榊は全く見覚えがないものだった。外壁以外に壁がない、がらんとしたフロアで、そこにはトイレも非常階段もなかった。

「これって、地下ですか……？」

見取り図の横に、Ｂ１Ｆと記されている。しかし、エレベーターは一階までしか行かないし、榊達も地下フロアの存在は知らなかった。

「ここで儀式を行っていたようだな。ここで、五カ所に設置した人型の結界を維持していたんだろう」

「でも、人型は全部壊れてますよね。儀式も意味をなさないのでは……」

「どうだろうな。仮に儀式が意味をなさなかったとしても、五芒星状の水路を流れるはずだった力は、素直に消えてくれるだろうか」

「いや、消えてくれないかも、しれませんね……」

しん、と沈黙が下りる。

二人は顔を見合わせて、ノートを手に倉庫を後にした。

「地下フロア、調べておくか？」

「いいえ。九重さんが来てからの方がいいと思います」

「そうだな。専門家がいた方が安全だし――」

柏崎の言葉が、ふと途切れた。

その理由を、榊も理解していた。

廊下が、異様に静かなのだ。廊下の先にある事務所から、物音が全く聞こえてこない。普段ならば、パソコンのキーボードを叩く音や電話の着信音が聞こえてくるのに。

「どういう……ことだ？」

「異界入り……ってやつかもしれません」

榊は固唾を呑む。

二人揃って事務所へと戻るが、先ほどまでデスクにいた同僚も他の社員も、忽然《こつぜん》と消えていた。

「馬鹿な……」

青ざめた顔の柏崎の頭上で、照明がチカチカと点滅する。風前の灯火《ともしび》のような頼りない照明は、埃が積もった事務所をぼんやりと照らしていた。

「一体、何がきっかけで……？　いや、もう、きっかけも何もないのか……」

榊は頭を抱える。

柏崎が言うように、流れを作っていた人型を排除して流れをなくしてしまったら、行き場を失った力は暴走してしまうのかもしれない。

それが、今来ただけなのだ。

「九重氏が来ていないか、確認してくる。お前はここで待っていろ」

「えっ、でも……！」

柏崎の言葉に、榊は耳を疑う。

「非常時は、動かずにいた方がいい。そして、私の方が君よりも修羅場を潜《くぐ》っている」

「だけど、怪異なら僕の方が……！」

「上司は、部下を守るものだ。それに、君の方が若いしな。若い方が生き残るべきだと、私が尊敬する上司も言っていた」

今はもういないが、と柏崎はぽつりと付け足す。

彼女の話を聞いて、榊はハッとした。柏崎もまた、過去に上司に助けられて、その背中を追うように歩んで来たのだ。彼女の面倒見の良さも、その上司から引き継いだものなのかもしれない。

「何かあったら、非常ベルを鳴らせ。そいつは停電時でも作動するからな」

柏崎はそう言って、エレベーターに駆け込んだ。

「柏崎さん！」

榊が柏崎の後を追おうとした時には、彼女は既にエレベーターに乗って下階へ消えていた。

無事に一階に着くようにと、榊はエレベーターの階数表示パネルに祈りを捧げる。

だが、パネルの階数表示は徐々に一階へと近づき、無情にも通り過ぎてしまった。

「えっ？」

いつの間にか、階数表示パネルにＢ１という表示が出現していた。あろうことか、エレベーターはそこで停止してしまったのである。

「ちょっと！　柏崎さん！」

エレベーターの扉を叩くが、びくともしない。エレベーターを呼ぼうとするものの、どんなにボタンを押してもエレベーターの階数表示は地下一階で止まったままだった。

「そうだ、非常階段で……！」

榊は、エレベーター横の非常階段の扉へと向かおうとする。だがその時、エレベーターの扉が開き、暗い廊下に光が射した。

「柏崎さん！」

「俺だ」

エレベーターの光を背に現れたのは、影のような青年、九重であった。

「九重さん……！」

榊は思わず、九重にすがりつく。九重は彼を受け止め、「どうした」と尋ねた。

「柏崎さんには会いませんでしたか⁉」

「いいや、会っていない。このビルの前に着いた時、急速に異界化する気配を感じてな。何とかエレベーターに滑《すべ》り込み、境界を越えてやって来たところだ」

「それじゃあ、柏崎さんはやっぱり地下に……」

「状況を、話してくれ」

榊は、しゃくりあげそうになるのを堪《こら》えながら、今までの経緯を手短かに説明する。

岡野氏の記録とマヨイガ創設の経緯、そして、倉庫から出た直後の異変と、柏崎が地下に引きずり込まれたことを。

「そうか……。一連の儀式の中心は、このビルの地下だったか」

九重は境界を越える時、歪《ひず》みを見つけてそこから入ったのだという。彼いわく、柏崎が九重を呼ぼうとエレベーターの境界を越えようとしたため、異界と繋《つな》がったのかもしれないとのことだった。

しかし、それと引き換えに、柏崎は地下に吸い込まれてしまったのだが。

「九重さんが来てくれたのは、柏崎さんのお陰……。尚更《なおさら》、早く助けないと！　行きましょう、九重さん！」

「いや、君は異界の外に送り届ける。それから、俺が地下に侵入する」

「異界と異界の外は時間の経過が違うし、手遅れになるかもしれません！　それに、人数が多い方がいいかもしれませんし、僕も行きます！」

「だが、危険だ」

九重の言うことは尤《もっと》もだった。なにせ、地下は儀式の中心である。今までの物件とはわけが違う。

しかし、榊は引こうとしなかった。キッと九重を真正面から見据《みす》え、眼を見開いた。

「柏崎さんは、僕の大切な上司なんです。彼女の背中が、僕に色々なことを教えてくれたんです。怪異だらけで激務のこの会社を続けていられるのも、あの人のお陰なんです……！」

「……そうか」

九重は、静かに目を伏せた。

考え込むように沈黙すること数秒間。彼はゆっくりと息を吐きながら、榊に応《こた》えた。

「君は、悔《く》やみたくないんだな。何かがあった時に、自分が何も出来なかったことを」

図星《ずぼし》だった。九重のことは信じていたが、自分が何もしないという選択肢はなかった。

己《おのれ》の胸の裡《うち》を知られて気まずくなる榊だったが、九重は、その腕をむんずと摑《つか》んでエレベーターへと向かった。

「こ、九重さん？」

「行こう、地下に」

そう言った九重の横顔は、少し寂しげであった。

榊は思い出す。彼は大切な人を亡くしていて、それで自分を責めているということを。

もしかしたら、自分と榊を重ねたのかもしれない。だからこそ、榊の我《わ》が儘《まま》を聞いてくれたのかもしれない。

「……有り難う御座《ござ》います」

榊は、九重に感謝する。

それと同時に、覚悟を決めなくてはいけないと思った。九重が連れて行ってくれると決めた以上、自分は柏崎を助け、無事に戻ってこなくてはいけない。

（そうすることで、九重さんの痛みは少しでも和《やわ》らぐだろうか）

エレベーターに乗り込むと、扉が勝手に閉まった。

九重がパネルを操作するまでもなく、エレベーターはひとりでに下階へと向かう。

階数表示には、いつの間にかB１が加わっていた。頭上の照明はチラつき、エレベーターは一階を通り過ぎ、地下へと向かった。

一体、どれくらい潜っただろうか。

一階に到着するよりも長い時間をかけて、エレベーターは地下一階に到着する。

ガタつく扉がゆっくり開くと、むせかえるほどの黴の臭いが二人を襲った。

「げほっ、げほっ……！」

榊は思わず咳《せ》き込む。九重はコートの袖《そで》で口を覆《おお》いながら、エレベーターを後にした。榊もまた、慌ててその後を追う。

「ここが、地下……」

目の前に広がる光景に、榊は息を呑んだ。

そこはまるで、座敷であった。一面に畳が敷かれ、木の柱と梁《はり》に、蠟燭《ろうそく》の炎の影が揺らめいている。

そんな部屋の中心に、横たわる人物がいた。

「柏崎さん！」

気絶をしているのか、目を閉ざしたまま反応がない。そんな彼女を前に、榊は思わず駆け出す。

「待て、榊！」

九重が制止するのと、榊の足元に何かが現れたのは、同時だった。

九重の声で我に返った榊は、とっさに足を引っ込める。

「ひぃ……！」

伸びてきたのは、手だった。

畳の目から沁《し》み出るように、泥のような色の無数の手が、榊に向かって伸びていた。

「これは……！」

『帰リタクナイ……』

すぐそばで、自分の声がした。

榊が振り返ると、そこには見覚えのある手がゆらゆらと揺れていた。

『実家ニ、帰リタクナイ……』

「これは、僕……？」

「儀式で作った流れから逆流した願望――いや、呪いだ」

榊を下がらせながら、九重が言った。

その近くでは、上司と先輩に恨《うら》み言を言う森田《もりた》の声が聞こえた。そうかと思えば、他人を蹴落《けお》としたいという願望や、店を続けたいという願望が耳に入る。

それらは皆、人型の呪具があった物件で榊が触れた呪いだった。

「くっ……」

それだけではない。他にも、無数の願い事が榊の頭の中に入ってくる。増水した濁流のように容赦《ようしゃ》なく、無防備な榊のもとへと流れ込んできた。

「人型の呪具が人々の願望を聞き、五芒星で作った流れに乗せ、最終的にこの場所へ行き着くようにしたんだな。そして、この場所から願望を叶《かな》えるための力を流し、呪具がある場所を中心に呪いを拡げていったのかもしれない」

「それは、呪いというよりも願いや幸福では……」

「いいや。呪いだ。いくら幸福の祈りだろうと、他人に押しつけられるものは呪いだ」

九重はそう言い切った。

倒れている柏崎の向こうに、家が見える。

古めかしいが立派な瓦屋根の日本家屋であった。よく手入れされた庭には鶏や山羊がいて、野菜が植えられた畑まである。

日当たりも良く、素晴らしい物件だと榊は思った。

晴れた日は縁側で鶏に餌でもやって、のんびりと過ごしたい。雨が降ったとしても、ゆっくりと休息するには良い家だ。

蜃気楼《しんきろう》のように揺らぐそれの前に、九重は立ちはだかった。

「結界の力で異界を作り、人工的に迷い家を発生させていたようだな」

九重は迷い家に向かって一礼すると、静かに構えた。

「榊」

「はいっ！」

「今からこの迷い家を封印する。そうすれば、異界との繋がりが消えて儀式が強制終了し、君達の会社は完全にこの場所と切り離されるだろう。それでも、構わないか？」

「それって、怪現象とはおさらば出来るってことですよね。そんなの、お願いしたいに決まってるじゃないですか」

「いや……」

九重は緩《ゆる》やかに首を横に振った。

「怪現象とは、確かに縁が切れるかもしれない。だが、流れが消えることで、君達の会社の運気にどう影響するかわからない。下手《へた》をしたら、業績が傾くかもしれないからな」

「それは……」

もし、ここで会社がどうにかなってしまったら。一介の社員がするには、重過ぎる決断だ。

だが、榊は拳《こぶし》を握りしめ、覚悟を決めた。

「大丈夫です。それは自分達社員が頑張るので」

自分達には、やれることがある。自分達は異界ではなく現世に存在しているのだから、現世の流れはいくらでも変えられるはずだ。

業績が傾いたとしても、それを上回る働きをすればいい。

「それに、創業者の岡野さんの儀式、ここで終わらせてあげたいんです。本当は人を幸せにしたかったのに、こんな風に歪《ゆが》んでしまって……。きっと、岡野さんも悲しんでいると思うので」

「……そうか」

九重は、了承したように頷いた。そして、右手で大きく印《いん》を切る。

「急急如律令《きゅうきゅうにょりつりょう》。我が呪いにより……解《ほど》けよ！」

九重が高らかに叫んだ瞬間、ざわっと周囲の雰囲気が変わった。

それと同時に、ごうっと凄《すさ》まじい風が榊を襲う。目に見えない力が、迷い家に向かって急速に流れ出したのだ。

榊の行く手を阻《はば》んでいた無数の手は、ずるずると引きずられるように迷い家へと吸い込まれていく。そして、ぼんやりと見えていた迷い家もまた、あっという間に遠ざかっていく。

「柏崎さん……！」

榊は九重が動くよりも早く、柏崎のもとへと駆け寄った。彼女を抱きかかえると呻《うめ》き声をあげたので、気を失っているだけだということがわかった。

「よかった、無事で……」

「榊、撤退するぞ！」

「はい！」

榊は柏崎を抱え、エレベーターを開けて退路を確保する九重のもとへと走る。だが、その刹那《せつな》、榊の足元が崩《くず》れた。

「えっ……？」

畳がバリバリと音を立てて剝《は》がれていく。それは遠くなる迷い家へと吸い込まれるように消えていった。

そして、バランスを崩した榊の身体もまた、迷い家へと強引に引き寄せられていた。

「榊！」

九重が手を伸ばす。だが、榊を引っ張る力はあまりにも強い。九重の腕一本で支えられるだろうか。彼も、巻き込まれてしまうのではないか。

そう思った瞬間、榊はその腕に、柏崎を託した。

「九重さん、柏崎さんを頼みます！」

「榊っ！」

榊の身体は宙に浮かび、畳と一緒に迷い家に吸い込まれていく。柏崎を抱えた九重が、あっという間に小さくなり、エレベーターの光が消えていく。

自分はどうなってしまうのかという恐怖が榊を襲うが、それ以上に、頼れる九重に柏崎を託《たく》せた安心感の方が強かった。

これで、良かったのだ。

榊の胸の中は、奇妙な満足感でいっぱいになっていた。

黴臭さとともに見えない力に引っ張られていた榊であったが、ふわりと、心地よい花の香りに包まれた。軽快な鶏の鳴き声が聞こえ、涼やかな水の音も耳に入る。

極楽にやって来たのかと錯覚《さっかく》した。

だが、そうではなかった。

「私の願いを守ってくれて、ありがとう」

迷い家に引き寄せられる榊の背中を、そっと押し返す者がいた。榊はその声に、聞き覚えがあった。

「あなたは、まさか……」

振り返ると、穏やかな顔をした壮年の男性がそこにいた。彼は迷い家の敷地内から、榊を外に押し出そうとしていた。

「私の願いは、いつの間にか呪いになっていた。人々の願いを叶えなくてはいけないという義務感に駆られていたのだ。だから、容易に歪んでしまった」

彼は、寂しそうに目を伏せる。

「呪術屋の彼の言う通り、願いは一方的に押し付けるものではない。私はそれを、忘れていたんだ」

「あなた、岡野さんですね……⁉」

榊は震える声で問う。だが、男性は穏《おだ》やかに微笑《ほほえ》むだけであった。

榊は彼の声を一度だけ聞いたことがある。

彼の声は、九重と出会う前、残業中に給湯室で聞いた労《ねぎら》いの声と同じだった。あの時は、誰もいないのに声がしたと恐れ慄《おのの》いたが、ちゃんといたのだ。

「あなたはずっと、迷い家から僕達を見守ってくれていたんですね⁉」

「さあ、行きなさい」

岡野氏はぐっと榊の背を押す。そんな榊の目の前に、手が伸びた。

「榊、摑まれ！」

「九重さん！」

榊は反射的に九重の手を摑む。すると、九重は榊の身体をグイっと力強く引き寄せた。

迷い家が遠くなる。

全《すべ》てのケガレを呑み込んで、現世から離れようとしている。

そんな中、岡野氏はいつまでも笑みを湛《たた》えていた。新入社員を見守る創業者の目で、榊を温かく見送っていた。

「……九重さん、岡野さんは……彼は、自分で築き上げた迷い家に魅入《みい》られてしまったようだな。だから、境界の存在になってしまったのだろう。彼はもう、この世にはいないんだ」

九重は、岡野氏に向かって深々と頭を下げる。

全ての流れが喪《うしな》われ、あるべき状態に戻ろうとしていた。

榊はただ、九重の手をしっかり握りつつ、岡野氏が自分の迷い家で安らかに過ごせるようにと願ったのであった。

気がついた時には、エレベーターの中だった。

チン、という音とともに、扉が開く。一階のエントランスから外界の陽光が射し込み、思わず目を細めた。

「榊、いつまで寝ているんだ」

柏崎に肩を貸しながら、九重は榊を見下ろす。エレベーターの前では、他のフロアのオフィスワーカー達が困った顔で榊を見つめていた。

「ひぃ、すいません！」

榊は慌てて立ち上がり、転がるようにエレベーターを後にする。振り返って階数表示を見てみるが、B1の表示は見当たらなかった。

「地下、崩れたんですかね」

「いや、崩壊したのは、俺達が行った異界化した地下だ。君が見た図面が本物ならば、現実の地下はまだ存在しているだろう」

「……あの見取り図も、現実のものじゃないかもしれませんけどね」

榊は何となく、そんな気がしていた。異界で会った岡野氏は、榊達に自分の願望の暴走を止めて欲しがっていたようだから、あの資料も彼が意図的に置いたのかもしれない。

「まあ、念のため、建築の専門家に調べてもらった方がいい」

九重はそう言って、柏崎を榊に託し、踵《きびす》を返そうとした。

「九重さん……！」

「儀式の痕跡《こんせき》がないか、結界が張られていた場所を調べておく。念には念を押す必要があるからな」

「えっと、そうじゃなくて……、いや、そうなんですけど……」

口ごもる榊に、九重は首を傾《かし》げながら振り向く。

そんな彼に榊はめいっぱいの笑顔を向けた。

「有り難う御座いました！　九重さんのお陰で、尊敬する大切な人が守れたので！」

九重は驚いたように目を丸くしていたが、やがて、ふと表情を和《やわ》らげる。

「それは何よりだ」

「あれ？　もしかして今、笑いました⁉」

表情が乏《とぼ》しい九重が、笑ったような気がした。だが、榊が確かめるよりも早く、九重は今度こそ踵を返して立ち去ってしまった。


その後、柏崎は意識を取り戻し、エレベーターの中で起こったことを話してくれた。

どうやら彼女は、一階に行こうと思ったのに地下一階に連れて行かれ、何かに腕を引っ摑まれて座敷に放り出されたらしい。

きっと、彼女を引き込んだのは歪んだ願望の化身達だろう。その中に自分の願望もあったことを思い出すと、榊は複雑な気持ちだった。

再び岡野氏の手記を探してみたが、社内の何処を探しても、あのノートは見つからなかった。地下を調査してもらったが、地下室自体が見つからなかった。

九重が結界の跡地を調査した結果、特に異常は見当たらなかったという。

会社の業績は特に変わらなかったが、あの一件の直後、榊が必死になって仕事に食らいつき、同僚達もそれに触発されて頑張ったからなのかもしれない。

「お客さんにとっての迷い家は、僕達が作りますから」

諸々が落ち着いた後、榊は柏崎と社長とともに、岡野正人の墓を訪れていた。

彼は墓石の下に眠っていない。今もきっと、自分の迷い家で鶏に餌をやったり、畑の世話をしたりしていることだろう。

もしかしたら、いつか彼岸《ひがん》を渡る時にまた、出会えるかもしれない。

だが、その前にやらなきゃいけないことがたくさんあるし、会いたい人もいる。

まずは、あの優しい呪術屋に会いに行こう。今度は、どんな菓子折りを用意しようか。

彼が一瞬だけ見せた笑顔の理由を知りたい。彼自身を縛《しば》っていた呪いが、少しでも和らいでいればいいのだが。

榊は岡野氏の墓に一礼すると、西新宿にある半地下の事務所へ向かうべく、その場を後にしたのであった。

初出
第一話　ＷＥＢ文蔵　二〇二一年七月
第二話　ＷＥＢ文蔵　二〇二一年八月
第三話　ＷＥＢ文蔵　二〇二一年九月
第四話　ＷＥＢ文蔵　二〇二一年十月
第五話　書き下ろし
第六話　書き下ろし

著者紹介
蒼月海里（あおつき　かいり）
宮城県仙台市生まれ。日本大学理工学部卒業。元書店員で、小説家兼シナリオ・ライター。
著書に、「幽落町おばけ駄菓子屋」「幻想古書店で珈琲を」「深海カフェ　海底二万哩」「地底アパート」「華舞鬼町おばけ写真館」「夜と会う。」「水晶庭園の少年たち」「稲荷書店きつね堂」「水上博物館アケローンの夜」「咎人の刻印」「モノノケ杜の百鬼夜行」「ルーカス魔法塾池袋校」「怪談喫茶ニライカナイ」などの各シリーズ、『もしもパワハラ上司がドラゴンにさらわれたら』などがある。

ＰＨＰ文芸文庫　怪談物件マヨイガ

2022年１月20日　第１版第１刷

著　者　蒼　月　海　里
発行者　永　田　貴　之
発行所　株式会社ＰＨＰ研究所
東京本部　〒135-8137 江東区豊洲5-6-52
第三制作部　☎03-3520-9620（編集）
普及部　☎03-3520-9630（販売）
京都本部　〒601-8411 京都市南区西九条北ノ内町11
PHP INTERFACE　https://www.php.co.jp/
組　版　朝日メディアインターナショナル株式会社
印刷所　図書印刷株式会社
製本所　東京美術紙工協業組合

ISBN978-4-569-90183-1

PHP文芸文庫

怪談喫茶ニライカナイ

蒼月海里 著

「貴方の怪異、頂戴しました」――。怪談を集める不思議な店主がいる喫茶店の秘密とは。東京の臨海都市にまつわる謎を巡る傑作ホラー。

PHP文芸文庫

怪談喫茶ニライカナイ　蝶化身が還る場所

蒼月海里　著

喫茶ニライカナイの店主に助けられた雨宮は、その店主の境遇を知り、逆に彼を救おうとする。しかし、それは街の禁忌に触れることだった⁉

PHP文芸文庫

第7回京都本大賞受賞の人気シリーズ

京都府警あやかし課の事件簿1~5

天花寺さやか 著

人外を取り締まる警察組織、あやかし課。新人女性隊員・大にはある重大な秘密があって……？　不思議な縁が織りなす京都あやかしロマンシリーズ。

PHP文芸文庫

婚活食堂1〜6

山口恵以子 著

名物おでんと絶品料理が並ぶ「めぐみ食堂」には、様々な恋の悩みを抱えた客が訪れて……。心もお腹も満たされるハートフルシリーズ。